entre dois mundos

PRÊMIO JULIA MANN DE LITERATURA

entre dois mundos

Francisco Maciel
Marcelo Macca
Alejandra Saiz
Antonio R. Esteves
Guilherme Vasconcelos
José Paulo de Araújo
Renato Modernell
Sérgio Repka

PREFÁCIO DE
Ignácio de Loyola Brandão

Copyright © Os autores, para esta edição, 2001.

Revisão   Marcelo Rondinelli / Estação Liberdade
Composição   Pedro Barros / Estação Liberdade
Capa   Suzana De Bonis
Editor responsável   Angel Bojadsen

Entre dois mundos : prefácio de Ignácio de Loyola Brandão. -- São Paulo : Estação Liberdade, 2000.

Vários autores.
ISBN 85-7448-027-4

1. Contos brasileiros - Coletâneas

00-2040   CDD-869.9308004

Índice para catálogo sistemático:
1. Coletâneas : Contos : Século 20 : Literatura brasileira   869.9308004
2. Contos : Coletâneas : Século 20 : Literatura brasileira   869.9308004

Todos os direitos desta edição reservados à
Editora Estação Liberdade Ltda.
Rua Dona Elisa, 116 – 01155-030 – São Paulo SP
Tels.: (11) 3661 2881   Fax: (11) 3825 4239
e-mail: editora@estacaoliberdade.com.br
http://www.estacaoliberdade.com.br

Sumário

Prefácio
por Ignácio de Loyola Brandão   9

Francisco Maciel
Entre dois mundos   11

Marcelo Macca
Largo de Pinheiros   29

Alejandra Saiz
A toilette de Eva   49

Antonio R. Esteves
Cacos ou o cheiro da mexerica   55

Guilherme Vasconcelos
Pole position   73

José Paulo de Araújo
XRM-2600   89

Renato Modernell
Irene e o barômetro   109

Sérgio Repka
Gauche   119

Notas sobre os autores   127

O Prêmio Julia Mann de Literatura nasceu como homenagem a Júlia da Silva Bruhns Mann. Mãe dos escritores Heinrich e Thomas Mann, nasceu em 1851 nas imediações da antiga vila portuária de Paraty, na então província do Rio de Janeiro. Sete anos mais tarde, após a morte prematura da mãe, mudou-se com a família para Lübeck, norte da Alemanha, passando posteriormente a residir em Munique. A drástica mudança fez com que a vida de Júlia fosse um longo, difícil e também desafiador caminho entre dois mundos.

Esposa de senador da cidade-estado de Hamburgo, autora de diversas obras, sua casa era um permanente espaço de efervescência cultural, marcando indelevelmente a formação de seus filhos, protagonistas da conhecida dinastia cultural que viria a ser coroada com o Prêmio Nobel de Literatura para Thomas Mann em 1929.

Prefácio

Concursos com "temas" são mais difíceis de julgar, porque muitas vezes o tema está sutilmente encaixado, está subentendido, não precisa ser explícito (nem deve, literariamente). A eliminação causada pelo estar-fora-do-tema traz uma carga de culpa grande, porque o conto é bom, porém não se encaixa. Isso quase não aconteceu neste caso.

Quando o júri convidado pelo Instituto Goethe se reuniu para discutir resultados, verificou-se uma coisa rara em concursos. Cada um já trazia praticamente o resultado final. Houve uma coincidência: os selecionados eram os mesmos, a questão era definirmos os premiados. Como em todo júri, cada jurado tinha no bolso alguns "votos a mais", os estepes. Poucos, dois, três. A deliberação final não trouxe dificuldades. Porque a qualidade foi muito boa. E a surpresa: não havia profissionais, com Renato Modernell no papel de exceção confirmando a regra.

Estes textos trazem sensibilidade, emoção, trazem cargas consideráveis, possuem ganchos que nos levam a ler, a ficar presos, a pensar. E tivemos uma surpresa: revelações de talentos. Há nomes aqui que, certamente, vão aparecer no futuro (próximo ou distante, como responder?) no panorama literário. Basta esperar, e comparar. Este é o lado agradável para um jurado: ver que a criatividade está latente, só espera momentos para se mostrar.

Os mundos diferentes estão dentro de nossa cabeça. Podemos viver em dois, em três, quarenta. Podemos mudar de cidade, Estado, país, continente, galáxia, que seremos nós. Levamos nossas desilusões, tristezas, amarguras, dores, melancolias, angústias, sonhos, utopias, desejos, frustrações, esperanças, ódios, raivas, gritos, fome, porque nos deslocamos com tudo o que é o nosso interior, nossa solidão, vontades, alegrias, prazeres, com tudo o que nos constitui, nos forma. Dizem que a pátria é o lugar onde nos sentimos bem. Portanto, a pátria seria o mundo, seria toda parte, porque a pátria estaria dentro de nós.

Há os que se exilam pressionados e os que se auto-exilam porque procuram essa pátria que está em algum lugar que não aquele onde estão. Dentro dos que se vão, deixando a terra de nascença para trás, persiste sempre um elo, ligação, memória, fragmento, que jamais é cortado. Como funciona esta ligação? Que problemas surgem no íntimo de cada um? Estímulo para uns, depressão para outros. Uns se destroem, outros vencem, se realizam, produzem, criam. Vivem, amam, odeiam, cumprem seus ciclos. No fundo, é estar numa pátria onde não nasceu e ter outra, lá atrás, em alguma parte, o que significa, o que modifica, o que acrescenta. Qual o peso de suas pátrias?

Os contos aqui reunidos, resultado do concurso literário promovido pelo Goethe, não respondem a essas perguntas, mas trazem elementos para o debate, se é que o debate ainda existe. Mas literatura é para responder ou para expor, mostrar, apontar? Ou, como disse Érico Veríssimo, "acender uma luz sobre um ponto determinado, tornando-o mais claro".

Ignácio de Loyola Brandão
março de 2001

Francisco Maciel

Entre dois mundos

"*Wer jetzt lacht irgendwo in der Nacht*", recitou Aloísio Cesário, o AC, enquanto caminhava pelo calçadão de Copacabana às seis da manhã de uma segunda-feira enevoada. "*Ohne Grund lacht in der Nacht*", continuou marcando o ritmo com estalos de dedos, "*Lacht mich aus*". Quem agora, em algum lugar, ri na noite, Sem motivo ri na noite, Ri de mim.

Seu alemão não era nenhuma maravilha, duas vezes tentara fazer um curso e, por motivos alheios ao seu desejo, abandonara no primeiro semestre. Naquela manhã, já tinha decorado o "Ernst Stunde", de Rilke. Preparava-se para um encontro à noite com os amigos de bar. Queria impressioná-los citando no original o poema que Vinícius de Moraes recriara como *Imitação de Rilke*: "Alguém que me espia do fundo da noite – *Wer jetzt lacht irgendwo in der Nacht*". Falaria da aproximação dos dois poemas, faria (já fizera) uma tradução do poema de Rilke e depois se aventuraria na comparação entre as elegias de Vinícius e as *Elegias de Duíno*. Estava ali com as anotações e, ainda que sentisse que tudo não passava de um exercício de exibicionismo, perdoou-se feliz.

Decidiu caminhar até a água e bradar o poema – "*Wer jetzt geht irgendwo in der Welt*" – para o mar. No meio do caminho, foi cercado por três homens, que lhe gritaram: "Polícia!" Pediram seus documentos. Tinha esquecido os documentos em casa. Os homens lhe fizeram uma rápida revista, cheiraram suas mãos e o algemaram. AC protestou: era trabalhador, morava ali na Prado Júnior, podiam telefonar para a editora, onde era coordenador editorial. Um dos homens gritou "Cala a boca!" e lhe deu um tapa no pé do ouvido. AC caiu de joelhos na areia, foi levantado, arrastado e jogado, ainda zonzo, na caçapa de um camburão. Alto, um metro e noventa, AC curvou-se, a cabeça batendo no teto, havia um engano, estavam prendendo o homem errado. Mas AC sabia: estava sendo preso por ser negro às seis da manhã em Copacabana falando sozinho em língua estranha. Um negro doido ou muito louco.

O camburão rodou por mais de duas horas e AC ganhou quatro companheiros, três negros e um branco, todos jovens. Foram plantados na frente de um escrivão com imensas olheiras roxas.

— Quero dar um telefonema — disse AC. — Tenho direito a um telefonema.

— Claro que tem — disse o escrivão. — Nome, endereço, profissão.

AC deu nome, endereço – profissão? Escritor? Poeta? Inédito? Preferiu dizer: autônomo. Teve seus dedos borrados de graxa e as digitais impressas numa ficha. Um carcereiro pegou AC pelo braço e o arrastou por um corredor estreito, tirou-lhe as algemas e o empurrou para dentro de uma cela vazia.

— Quero telefonar — insistiu AC.

— Não cria caso, crioulo — disse o carcereiro, dando três voltas na fechadura.

AC pensou na namorada, que naquela hora já devia ter saído para o trabalho. Pensou na editora, no seu dia falhado. Aos poucos se deixou tomar pela esperança de que seria libertado à noite. Iria para o bar e deixaria Rilke e Vinícius para outra hora. A sua prisão era o assunto do momento. Começou a elaborar os detalhes narrativos de sua aventura.

A cela foi se povoando. AC grudou-se num canto, murmurando "Ernst Stunde". Os prisioneiros começaram a conversar, todos eram inocentes, não tinham feito nada, apenas um confessou que tinha sido preso assaltando um banco, mas ninguém acreditou. Quando lhe perguntaram qual era o seu crime, AC respondeu "Ser negro", e levantou um princípio de riso. Continuou murmurando: "*Wer jetzt stirbt irgendwo in der Welt*". Está rezando, disse um dos prisioneiros, e o deixaram em paz.

No segundo dia de prisão, AC começou a cantar alto "*Wer jetzt weint irgendwo in der Welt*" e todos perceberam que ele enlouquecera. Na cela superlotada, AC conseguira manter seu lugar no canto, as costas contra a parede fria. Sentava-se para dormir sem sonhos e acordava para ficar de pé, acuado, cantando "*in der Welt, in der Nacht*", aos berros. Rejeitou toda a gororoba que o carcereiro distribuía para os prisioneiros. "*Lacht mich aus.*"

O escrivão de olheiras roxas gritou meia dúzia de nomes para dentro da cela, entre eles o de AC. Seis prisioneiros atravessaram o corredor estreito e o escrivão entregou a AC a chave de sua kit, alguns trocados e as três folhas de papel onde ele rabiscara a sua conferência de bar.

Saiu numa rua arborizada, o sol estava nascendo, e ele caminhou na direção em que o rumor dos carros era mais intenso. Estava no Leblon. Pegou um ônibus, saltou em Copa, abriu a porta da kit e sua namorada o recebeu sentada na cama.

— Como é que você faz isso comigo? Some quatro dias e não dá notícia. Onde você estava? Com quem você estava? — gritava-lhe abandono, rancor e lágrimas.

AC lhe contou a verdade: tinha sido preso. Ela não acreditou e lavaram roupa suja por duas horas, até que ela se cansou, tomou banho, se vestiu e saiu para o trabalho.

AC assaltou a geladeira e dormiu dezoito horas seguidas. Acordou na kit vazia. Ainda faminto, abriu a geladeira vazia e encontrou um bilhete da namorada: "Acho que é o fim. É melhor a gente se separar. Foi bom enquanto durou."

AC botou uma sunga, pegou sua toalha de praia e foi dar um mergulho. O dia estava exuberantemente azul e o mar rolava em ondas como um jovem deus. Do mar, entre as ondas, AC olhou o paredão de edifícios e nada daquilo era seu, nada daquilo lhe pertencia. À noite, no bar, entre amigos, não falou de Rilke-Vinícius e muito menos de sua prisão. Contou que estava saltando fora, surtando fora, ia correr o país, mudar o foco de sua vida. Todos aprovaram imediatamente a sua decisão, subir o São Francisco, uma noite na Chapada dos Guimarães, os dias verdes da Amazônia, e ele percebeu com retardada vidência que não tinha amigos. Era um corpo estranho. Todos concordavam que ele devia voltar para sua casa, para seu país, onde quer que fosse, e boa viagem. *Du musst dein Leben ändern.* Força é mudares de vida.

Voltou para sua kit e encontrou outro bilhete da namorada, sobre a cama: "Estou na casa da Cidinha. Preciso de um tempo para pensar."

Dormiu pesado, acordou vazio. Pegou a velha máquina de escrever e lutou para colocar em palavras os últimos dias de sua vida. Depois de quatro horas de branco inútil, desceu até o Cervantes, pediu um sanduíche e um chope. Entrou no antigo Cinema 1 e dormiu durante a primeira sessão de *Asas do Desejo*. Acordou, viu a segunda, gostou, e ficou para a terceira. Saiu, tomou dois chopes no Cervantes e subiu para a kit. Encontrou a namorada diante da TV, um copo de vodca entre as pernas. Discutiram, depois passaram o resto da noite trepando amor.

Quando acordou no dia seguinte, AC encontrou um bilhete da namorada: "Vamos começar de novo. A gente ainda pode ser feliz." Tirou de baixo da cama (não tinham armário) as pastas onde guardava sua obra em progresso: vinte contos, cem poemas, meia dúzia de ensaios, o primeiro tratamento de um romance, os dois primeiros atos de uma peça. Em três horas de peneira, rasgou tudo, menos quatro contos e duas dezenas de poemas. Jogou todos os papéis rasgados lixeira abaixo. Amarrotou as poucas roupas dentro de uma velha mala. Botou a máquina na capa e estava pronto para partir. Levou uma hora tentando escrever uma carta de despedida. Rendeu-se ao laconismo da namorada: "Cansei. Morri tudo isso. Vou deixar você ser feliz. Adeus."

Pegou um ônibus até o centro da cidade e subiu até o 13º andar do Edifício Treze de Maio, número 13. O editor o recebeu com um "quem é vivo sempre aparece".

— Estou saltando fora — disse AC. Fizeram as contas e o editor lhe entregou alguns trocados e um cheque para ser descontado dali a três dias. Despediram-se com um abraço e AC foi surpreendido pelo choro desatado da jovem secretária: alguém o amara em silêncio e ia sentir sua falta.

Trocou o cheque no pé-sujo da esquina e caminhou até a Praça XV. Entrou na barca, atravessou a Baía de Guanabara. Em Niterói, pegou um ônibus para São Gonçalo. Lá, descobriu que a mãe e a irmã tinham mudado para endereço desconhecido. Já era noite quando decidiu que dormiria num hotel e depois pensaria no que fazer.

Entrou no Bar Apolo XIII, em Alcântara, onde o dono tinha

colocado em azulejos uma viagem frustrada. Pediu uma cerveja e, três cervejas depois, um negro baixinho e sorridente puxou conversa. Falaram sobre coisa nenhuma e o Baixinho – "você pode me chamar de Baixinho" – disse que tinha ido com a cara dele, AC.

— Você é de onde? — perguntou Baixinho.
— Daqui. De lugar nenhum. De qualquer lugar.
— Você tem pra onde ir?
— Vou dormir no hotel da esquina. Depois vou ver o que faço.
— Não precisa. Dorme na minha casa. É mais barato. Pelo menos por hoje. É mais que barato: é grátis.

Às duas da madrugada, AC caminhou pelas ruas de Jardim Catarina, "a maior favela horizontal de toda a América Latina", disse Baixinho. Entrou na Rua 14 e chegou a uma vila, nome cortês para um cortiço de vinte quartos, dez de um lado, dez do outro, entre muros.

— A casa é tua — disse Baixinho, abrindo a porta de um cubículo onde só cabia um sofá-cama em estado agonizante e um pequeno armário feito de caixas de maçãs argentinas. No buraco entre a porta e a janela-basculante, um banheiro com vaso sanitário, uma pia e um cano de chuveiro. — Você é meu convidado e dorme no sofá.

AC não coube no sofá e dormiu no chão, sendo passeado por baratas a noite inteira e picado por mosquitos. Acordou às sete da manhã, sacudido pelo Baixinho. "Vou te apresentar Jardim Catarina." Antes, Baixinho mostrou a AC o quarto 9, uma cópia imperfeita mas milimetrada do dele. Caminharam até a imobiliária e AC tinha casa por doze meses. Rondaram pelos bares. "Este é meu amigo César", apresentava Baixinho. "Ele veio aqui sofrer com a gente." Seja bem-vindo.

— Como você está de grana? — perguntou Baixinho, enquanto jogavam sinuca.
— Vai começar a faltar daqui a um mês — disse AC.
— Você topa qualquer coisa?
— Que qualquer coisa?
— Trabalho pesado.

AC começou a trabalhar como carregador no Ceasa, no Colubandê. Descarregava caixas de legumes e frutas vindos do Interior e de outros Estados em caminhões. Acordava às quatro da manhã e às dez já estava livre. Baixinho lhe ensinou o pulo do gato: levar

15

legumes e frutas para restaurantes, pensões, pés-sujos, lanchonetes e quitandas. Quem fazia a distribuição era Álvaro de Campos, um velho "mucho loco" que tinha uma caminhonete e uma energia de garotão. Dava para ir vivendo até ter tempo para pensar o que fazer da vida.

Na vila, o clima era de guerra aberta. A linguagem é a casa do Ser, edificada em sua propriedade pelo Ser e disposta a partir do Ser. Mas na vila tudo era falatório, tagarelice, parlapatice. Todos falavam ao mesmo tempo, sem descanso e sem se ouvir. Não havia espaço para o silêncio. Quando não se falava, cantavam-se dores de amor, berravam-se palavrões, desentendia-se dizer. Estava no andar de baixo do inferno e, em cima, o céu rolava suas nuvens de cinzenta indiferença.

AC tentou criar uma concha de silêncio, mas logo os vizinhos começaram a espancar suas paredes protestando contra o ruído da máquina de escrever. O choro das crianças, maridos espancando mulheres e crianças, os gemidos dos pombos do amor, as fofocas, os fuxicos, os bate-bocas, tudo era humano. O ruído da máquina de escrever quebrava a desarmonia humana da vila e por isso espancavam suas paredes. Um dia, bêbado, AC cantou até de madrugada e ninguém protestou. *In der Welt. In der Nacht.* Ainda estava preso.

AC procurou montar uma rotina. Ralava no mercado, distribuía frutas e legumes com Álvaro de Campos, dormia duas horas à tarde, bebia pelas bioscas de Jardim Catarina, jogava a vida fora, estava em sinuca, dormia, acordava para trabalhar. Descobriu onde ficavam as bocas-de-fumo e acrescentou o fumo à sua rotina. Sabia que, sob o efeito do fumo, escrevia mal, mas, ainda assim, fumava. Era sua rotina de exílio. Estava conseguindo juntar alguma merreca para surtar mais fora ainda: Bahia, Recife, Manaus.

Fugir. Estava em desgraça. A desgraça pode ser produzida pela simples disposição das pessoas, pelas relações recíprocas. Não é necessário um engano imenso, um acaso inaudito, um caráter perverso, não se precisa ir além do humano para se ouvir o coração da desgraça. Culpa, infelicidade, infortúnio, tudo está ao nosso alcance. O monstro está em nós. O monstro somos nós. Estamos na floresta dos símbolos de Maya: o espaço e a falta de espaço, o tempo e a angústia de estar no tempo, tudo é penitência. A vida é uma vila, e a vila é uma instituição penal como outra qualquer, uma colônia penal como tantas outras, e o que resta a quem pensa é a

neutralidade, o não-pensar atento, o não-viver desatento. Sua concha de silêncio foi quebrada quando a mulher invadiu seu mocó nua e sangrando. Era uma da madrugada.
— Ele vai me matar! — gritou a mulher se enrodilhando no fundo do mocó.
Logo depois, o homem pequeno e magro entrou empunhando uma faca rombuda na mão esquerda. — Você vai morrer, sua vaca — engrolou o homem, bêbado, os olhos vidrados, espumando amarelo nos cantos da boca desdentada.
AC ficou parado entre o homem e a mulher. — Você vai matar ela lá fora — AC se ouviu dizer, a voz calma demais. (Aquele frio na barriga era medo?) — Você pega ela, leva lá pra fora e mata bem devagar. Eu quero ver você matar ela bem devagar, mas lá fora.
Sem protetor, a mulher começou a blablabar palavras úmidas.
— Cala a boca, vaca! — o homem gritou, e avançou. Num gesto lento, quase de sonho, AC segurou o pulso infantil do homem e apertou até que ele deixasse cair a faca. Depois o segurou pelo pescoço e o levantou do chão. AC olhou dentro dos olhos do homem até ver o ódio e o porre se transformarem em medo. A mulher tentou escapar e, com a mão livre, AC a segurou pelos cabelos. A mulher caiu de joelhos. — Vou matar ele pra você — disse AC para a mulher. — Não — disse a mulher. — Ele é bom, só bebe demais e é ciumento; ele é bom.
Anjo da vida e da morte, AC jogou o homem contra a parede e o viu escorregar até o chão, a mão na garganta, a boca aberta sugando o ar. AC pegou uma camisa e mandou a mulher se cobrir.
— Vocês só vão sair daqui depois que se entenderem — disse AC fechando a porta com um chute, a faca na mão. O homem começou a gritar coisas como traição e sacanagem, a mulher explicou que tinha ido na casa do irmão pegar algum dinheiro, mas o irmão não estava lá, depois tinha ido, vaca, eu te tirei da lama, tinha ido na casa de uma amiga e a amiga tinha lhe emprestado dinheiro para pagar o aluguel, você conseguiu essa grana com a xoxota, tua xoxota é que é tua amiga, eu tirei você da lama, e com o dinheiro da amiga ela ia pagar dois meses de aluguel, estavam devendo três, vaca, você é uma vaca, e então a mulher envolveu o homem com um forte abraço, e ele começou a soluçar, e começaram a bater a cabeça contra cabeça, com um barulho oco, chorando sem consolo, os dois desgraçados.

AC se ouviu fazendo um sermão sobre a arte de viver junto, os dois tinham que ser parceiros, tinham tudo a perder se se matassem, fez os dois jurarem que não brigariam mais, que não se matariam mais, os dois juraram que não se matariam, e AC permitiu que saíssem abraçados, cambaleando de angústia. AC deixou a porta aberta e, com a faca na mão, olhou para as paredes de sua cela sentindo-se ridículo e impotente como um pastor sem fé.

Foi para o mercado, a cena da mulher e do homem se dando cabeçadas dominou todo o seu dia. Era preciso fazer alguma coisa mais do que um sermão. Pensou numa festa. Festa na Vila. Visitou todas as celas, se apresentou – "Meu nome é César" – e falou da festa. Improvisariam uma churrasqueira na frente da vila e todos deveriam trazer o que pudessem, ele e Baixinho entrariam com a carne, legumes e a cerveja.

A festa rolou todo o sábado e se estendeu até a tarde de domingo. Alguns trouxeram pratos, garfos, facas e muita fome. Outros trouxeram vitrola, discos, bongôs, tambores, atabaques, um cavaquinho, um violão e muita animação. A maioria entrou com bebida, e bebida não faltou. Na manhã de domingo, um imenso robalo foi trazido por moradores de outra vila e, logo depois, um porco, provavelmente roubado, foi recebido com gula e aplausos.

AC exerceu com alegria seu papel de anfitrião. Comeu, bebeu, dançou, cantou. Fez vários discursos onde chamou todos de meus irmãos e meus filhos. Conseguiu tirar a promessa de que todos se ajudariam, que a vida agora era um coletivo. A mulher do quarto 3, dona Neuza, ficaria encarregada do sopão que seria oferecido a todos durante a semana, principalmente às crianças. As crianças tinham a prioridade. De quinze em quinze dias, a festa seria repetida, sempre aos sábados e domingos. E mais: depois da meia-noite, todos deveriam respeitar a lei do silêncio.

Não acreditou que aquilo funcionasse, mas acabou dando certo. Em pouco tempo, estava escrevendo cartas para todo canto, ensinando como tirar carteira de trabalho e de identidade, dando uma de conselheiro sentimental para homens e mulheres, explicando lições de casa para as poucas crianças que estudavam. Tinha se transformado num líder.

— Acho que o melhor ia ser fundar uma igreja — disse Baixinho com algum veneno.

— A Igreja de Jesus Seqüestrado — disse AC.

— Por que isso aí?
— Jesus já voltou, mas foi seqüestrado pelas forças do mal. A missão dos fiéis é descobrir onde Jesus está escondido — disse AC.
— Mas acho que alguém já teve essa idéia.
— Não conheço — disse Baixinho, sério, citando todas as igrejas que lembrava.

Alguns meses depois, AC pensou que todo seu trabalho estava perdido. Eram duas horas da manhã quando ouviu pequenas batidas abafadas na sua porta. Levantou-se e abriu. Era a mulher das cabeçadas. Zuleika. Zu.

— Vim devolver tua camisa — disse ela.
— Não precisava.
— Não devolvi antes porque ela virou meu amuleto, minha camisa de dormir, mas achei que estava na hora de devolver.
— Pode ficar com ela.
— É tua.
— Te dou de presente.
— Então fico com ela — disse Zuleika, entrando e fechando a porta com seu corpo. Era pequena, os cabelos mudavam de cor a cada mês, quase sempre em tons de louro, as sobrancelhas pretas, sempre. Os olhos castanhos claros, levemente estrábicos e um sorriso infantil na boca pequena, com uma pinta preta debaixo da asa esquerda do nariz. Os seios eram pequenos e as coxas grossas e firmes. Uma mulher na vida.

— Você não me quer? — perguntou, de cabeça baixa. Depois levantou os olhos para AC e um brilho resvalou por eles. — Você me quer — ela se respondeu, tirando a camisola azul num gesto banal e revelando o corpo de boneca, branco, uma penugem loura descendo das coxas até os tornozelos, o triângulo do sexo inesperadamente de veludo azul.

Ela se preparou para mim, pensou AC, e aquela cena repetia o drama fútil de todos os paraísos. Poderia dizer não, não te quero, serpente de veludo azul e grandes lábios rosados, não, e ele ficaria sozinho, inteiro em sua fé, um anjo iluminado pela luz de sua própria recusa, não trairia seu rebanho, não existe amor para um lobo.

Quando ela se enroscou nele, pernas, braços, sexo e boca, ele sentiu as paredes de sua cela se empapar de limo, e seu corpo, que nunca tivera fé alguma, se deixou tomar pela fome de meses de jejum forçado e se espojou na glória da carne, e a carne era o

mundo, e o mundo também era sagrado, um relâmpago da luz divina.
— Você tem que ir? — disse AC para a mulher que dormia em seus braços. Ela se apertou contra ele, levantou-se, se espreguiçou lentamente e, se fosse uma gata, se lamberia saciada. Pegou sua camisola, mas, olhando para AC, vestiu a camisa dele. Abriu a porta e disse "Agora você é meu", enquanto acariciava o veludo azul.
AC sorriu, sim, e fechou os olhos para aquele gesto obscenamente vulgar. Acordou vendo através da janela-basculante um pedaço de sol explodindo contra o muro da vila. O milagre da luz estava preso naquele pedaço de muro e ele se deixou invadir por uma sensação *satori* de felicidade total. Esperou até a luz virar sombra. Tomou banho, se vestiu e foi para o mercado: seu dia estava perdido. Sua vida tinha ganho uma encruzilhada. Quando o falatório começasse a rolar, ele não daria nenhuma desculpa. Ficaria em silêncio até tudo se perder e, mais uma vez, mudaria de vida. Iria para uma outra cela onde o sol da manhã explodisse contra um muro e ele, AC, brilhasse de novo, limpo e puro, renascido.

Encontrou-se com Álvaro de Campos e, juntos, fizeram as entregas aos clientes.

— O Baixinho me contou que você vai fundar uma igreja — disse Álvaro de Campos.

— Isso é papo-furado — disse AC.

— Isso é sério — disse Álvaro de Campos. — Eu vou te mostrar uma coisa.

Álvaro de Campos levou AC até o Coelho, um imenso espaço entre bairro e favela, com muitos sobrados nos tijolos aparentes, barracos de zinco e madeira, bois, cavalos, porcos e cabras pelas ruas, terrenos baldios inchados de lixo e crianças, homens e mulheres disputando a miséria com cães vadios e urubus. Saíram da rua principal e tomaram uma rua de barro que subia a pino e pararam no alto, diante de uma construção imponente.

— O que você acha, senhor? — perguntou Álvaro de Campos.

— Uma igreja abandonada — disse AC.

— Um templo à espera de um pastor — disse Álvaro de Campos.

Entraram no templo. Trinta bancos de madeira para dez pessoas, em duas fileiras de quinze. No púlpito, uma enorme mesa de carvalho, e atrás da mesa, no alto, um vitral onde um Cristo vitorioso brilhava em glória verde-azulada.

— Gostou, senhor? — perguntou Álvaro de Campos.
— Gostei.
— Tem mais.
Nos fundos do templo, uma construção com três salas amplas e arejadas, uma delas um consultório dentário com todos os equipamentos. A outra, com arquivos e três máquinas de escrever antigas. A terceira com uma cama de solteiro e roupas espalhadas por todo canto, um aparelho de TV e outro de som, um fogão de quatro bocas, uma geladeira, uma pia atulhada de pratos, copos e garrafas de vinho.
— Eu moro aqui. Você vai ouvir minha história — disse Álvaro de Campos, tirando uma garrafa de vinho debaixo da pia. — Ou o senhor prefere um fuminho, senhor?
— Os dois.
— Nós temos os dois. Fique à vontade.
Fumando e bebendo, Álvaro de Campos contou imprecisamente, sem datas, que tinha fundado a Igreja Paz no Senhor. Tinha oitenta fiéis e, para sua desgraça, numa Sexta-Feira da Paixão – "Não estou mentindo, senhor" – surpreendeu a mulher trepando com um dos seus fiéis, "exatamente onde o senhor está sentado, só que era uma grande cama de casal, larga e confortável". Matou o fiel a pauladas, espancou a mulher e pegou doze anos de cadeia, que se transformaram em seis.
— Estive na Alemanha, senhor — disse Álvaro de Campos.
— Não entendi.
— Alemanha era o nome que os presos comuns, a ralé da ralé da ralé, davam à colônia penal da Ilha Grande, senhor.
— Não sabia.
— O senhor não sabe de muita coisa, senhor. Lá os fracos não têm vez. O Filho chora e o Pai não escuta. Entendeu, senhor?
— Entendi. Acho.
— Saí de lá e voltei. Hoje tenho nove ovelhas, senhor, que continuaram fiéis a mim, apesar do meu delito — disse Álvaro de Campos. — Todas as terças, quintas, sábados e domingos, temos culto. Para eles, continuo um pastor confiável. Por que você não se junta a mim, senhor?
AC viu Álvaro de Campos pela primeira vez: tinha 65 anos e um corpo magro de cinquenta, um olhar cinicamente penitencial, a cabeleira branca descendo os ombros e um riso pânico de velho sátiro.

— Sobrevivi à cadeia e à ira de todos os deuses. Baal, Dagon, Íris, Nabor, Wotan, Osíris, Amon-Rá, Odin, Ishtar, Quetzalcoatl. Todos estavam lá comigo, eles e seus sacerdotes. Sobrevivi a mim mesmo e entreguei-me de vez à Palavra. O que você acha, senhor, podemos ser sócios?

AC encarou seu distribuidor: não era um olhar penitencialmente cínico que ele via em resposta ao que via. Viu ali a loucura do mundo, a velha alma prisioneira que flutua em qualquer corpo, as metempsicoses dos que foram humanos, rastejaram na lama e regressaram ao mundo humano. Viu ali a vida do cão que sobe do uivo ao nome, Mefistófeles vencido, Fausto libertado de seu pacto, Riobaldo sobrevivendo incólume à sua perigosa travessia.

— Eu vou facilitar para você, senhor — disse Álvaro de Campos. — Eu sou o Emissário do Rei. O Rei me deu a mensagem em seu leito de morte. Atravessei os corredores tumultuados do palácio, as salas e os salões congestionados do segundo e do terceiro palácios, morri, nasci, habitei úteros sórdidos, sofri gerações, cruzei aldeias e desertos, varei selvas, morri, nasci, e agora estou na periferia da capital onde habita a escória humana. Eu venho trazer a mensagem e saberei encontrar o destinatário. Não será você, senhor?

— Isso me lembra alguém.

— Já viram o Rei as tuas sensações, senhor. Vai ficar a meu lado? Vai receber a mensagem, senhor?

— Vou pensar — disse AC.

— Pense fundo, senhor, pense rápido, não temos tempo a perder — riu Álvaro de Campos. — Está assustado? O medo vai empedrar seu coração, senhor?

— Vou pensar.

— O mundo é aqui, senhor, e não adianta fugir dele. Você não tem saída, senhor. Aqui é o inferno, senhor, e não existe escada de incêndio. Não adianta chamar os bombeiros, senhor, quando se está queimando nas chamas do inferno. Quem está no fogo deve queimar, senhor.

— Preciso matar alguém para entrar na tua igreja, senhor?

— Sim — disse Álvaro de Campos —, matar a si mesmo, senhor. Você precisa matar sua covardia, senhor. Eu preciso de um homem de verdade. Você é um homem de verdade, senhor? Já foi no fundo do poço, senhor? Já vendeu sua alma, senhor?

Todo anjo é terrível. A correnteza eterna arrasta consigo pelos reinos todas as idades. AC não se perdoava por ter subestimado o pastor assassino. Vivera duzentas manhãs a seu lado como se ele fosse um simples motorista para ser fulminado por sua... complexidade? Passou a fugir dele como o diabo foge da cruz. Cumpria a seu lado as tarefas diárias de sobrevivência e escapava o mais rápido que podia. Como não percebera antes a sua loucura? Como não intuíra antes a sua força? Força é mudares de vida, mas que força, que mudança e que vida? Todas as suas ações na vila eram nada comparadas com a missão de Álvaro de Campos. Isso sem falar em seus remorsos sórdidos: o homem de Zuleika tinha desaparecido da vila e, com a aprovação silenciosa de todos, ela havia sido eleita a sua mulher oficial. O sopão continuava funcionando, e as festas da vila já eram uma tradição. Não precisara matar ninguém, nem a si mesmo, para ir levando a vida. Mas aquilo era vida?

Baixinho se elegera braço direito seu. Era arbitrário e prepotente. Queria ser respeitado e obedecido. Propôs a limpeza das valas negras. Marcou o dia, mas poucos gatos-pingados apareceram.

— Por que eles obedecem só a você? — perguntou Baixinho.

— Porque eu não mando. Eu faço com que eles pensem que a idéia é deles — respondeu AC, sabendo que não era nada disso.

Com Baixinho a seu lado, convenceu os moradores da vila da necessidade de acabar com as valas negras, queimar o lixo e dedetizar as casas.

Baixinho foi mais feliz com a idéia de pintar a vila de azul. Ele e Zuleika disputaram a autoria da idéia. — Você sabe que a idéia só podia ser minha — disse Zuleika para AC, encerrando o assunto.

Bêbado ou fumado, bêbado e fumado, Baixinho passou a disputar abertamente com AC a liderança da vila. Afinal de contas, ele, Baixinho, havia nascido ali, tinha se criado ali, e AC não passava de um estrangeiro, de um visitante, um cara que não falava igual a eles, que usava palavras que ninguém entendia, que estava ali porque na certa tinha feito alguma merda em algum lugar, um alemão.

Zuleika fornecia mais detalhes da campanha de Baixinho. "Toma cuidado, ele é perigoso."

AC passou a fugir de Álvaro de Campos, de Baixinho e de Zuleika. ("Estou grávida e o filho é teu", disse ela.) Descobriu-se vazio, embotado, e passou a freqüentar os bares universitários de Niterói. Lá, sentia-se entre iguais. Mas não muito. Num papo sobre a miséria do país, caiu na orgulhosa asneira de falar do seu sopão e da sua experiência comunitária. Um crítico esperto acusou AC de estar usando um paliativo, a solução da questão social não passava pela esmola participativa, a questão social era bem mais profunda, e ele, AC, se revelava um ingênuo serviçal do sistema, atrasando a urgência da revolução social, que viria, quer AC quisesse ou não.

Numa conversa banal de bar, AC teve notícia de um curso de alemão da Secretaria Estadual de Educação, duas vezes por semana, à tarde, e se inscreveu. A sala ficava no décimo andar de um prédio oficial arruinado, na principal avenida de Niterói. Não havia nenhum recurso. Só a professora, Margarida Fontes Lima. Os alunos não passavam de dez e se sentavam no chão forrado por um velho tapete e almofadas provavelmente trazidas pela própria Gretchen, como zombavam os alunos.

As aulas duravam uma hora, e os alunos se dispersavam de imediato com a mesma velocidade com que AC fugia de Álvaro de Campos, Baixinho e Zuleika. A maioria subia e descia os dez andares, com medo dos elevadores, que, velhos e ranzinzas, demoravam séculos, quando não engasgavam entre um andar e outro. Apesar disso, AC procurava se interessar, quebrar o mecanismo de seu dia-a-dia, de seu noite-a-noite. Aprender saudações banais em outra língua. Descobrir uma conjugação nova do verbo Ser. Descobrir um outro ouro no verbo Ter. Ter e Ser eram os donos do mundo e talvez não existisse em nenhum lugar do planeta um jeito novo de conjugá-los. Mas, contra toda a esperança, AC esperava se apossar das chaves que escancarariam a sua porta estreita. *Das Ding. Dasein. Sorge. Besorgen. Welt. Umwelt. Dass die Steine reden, soll vorkommen.* Que as pedras falem, dizem que isso rola. *Das ist Nietzsche. Das ist eine Photographie von Goethe. Das ist ein Film, in dem Heidegger Heidegger spielt.* Este é um filme em que Heidegger faz o papel de Heidegger.

Apesar de seus esforços, AC percebia que estava condenado à prisão de sua própria personalidade, de sua própria língua, de sua própria circunstância. "Descia" de Jardim Catarina para as aulas e para os bares. Jamais conseguiu levar um colega de turma para uma conversa diante de uma cerveja. Num fim de aula, conseguiu encurralar Gretchen na sala e lhe falar longamente sobre Rilke-Vinícius. Entregou a ela os dois poemas, o original e a imitação, e teve o prazer de ver os olhos dela brilharem de prazer, as mãos trêmulas recebendo as páginas datilografadas. Na aula seguinte, viu no quadro fora da sala as xeroxes dos poemas e, abaixo delas, "contribuição do aluno Aloísio Cesário", escrito à mão, com letras caprichadas. Uma vitória primária.

Nos bares, teve notícias de uma Gretchen real. Ela sofrera várias crises nos últimos anos. Na última, a mais grave, tentara se matar cortando os pulsos. A partir daí, AC passou a ver o entusiasmo de Gretchen como uma situação provisória, um momento de cristal. E entendeu as suas blusas de mangas apertadas até os punhos, as suas mãos pequenas e expressivas acentuando as palavras, declinando sons como pássaros degolados. Entendeu que ela procurava evitá-lo, não ficava mais sozinha na sala, saía rapidamente com os alunos. Essa fuga azedou AC, ele próprio um fugitivo. Sabia que, em breve, estaria fugindo das aulas e que, mais uma vez, não conseguiria terminar um curso de alemão.

— Por que não se converte ao candomblé, senhor? — riu Álvaro de Campos. — As suas raízes estão em Angola, senhor, e não em Weimar. Para que fugir para Frankfurt se você mora em Biafra, senhor? Já esteve em Casablanca, senhor? E Johanesburgo, sabe onde fica, senhor?

— A África é minha pele, senhor.

— Sabe que Baixinho anda tomando nossos fregueses, senhor?

Baixinho passou a ser um "aminimigo", um jogador de sombras, o riso ofuscando a máscara do rancor. Com a melhoria da vila, a imobiliária tentou triplicar o aluguel dos quartos. Todos os moradores se revoltaram, e Baixinho procurou provar a culpa de AC, que fizera tudo para melhorar a vila, e agora eles é que tinham que pagar por terem trabalhado para os donos, e o destino deles era ficar debaixo da ponte. AC formou uma comissão de quatro moradores (ele, Zuleika, Baixinho e dona Neuza) e foram negociar com o dono da imobiliária, um mulato gordo e escorregadio.

A conversa foi áspera, e o Gordo repetiu para AC palavras de Baixinho: — Você não é daqui, você é culto, você deve ter feito alguma merda em algum lugar — disse. E acrescentou: — Você está botando minhoca na cabeça desse povo. Conheço todo mundo, é gente boa, aceita a vida como ela vem. Acho melhor você tomar cuidado.

AC argumentou que todas as melhorias tinham sido feitas pelos moradores e que o Gordo devia agradecer pela preservação do imóvel que ele administrava. — E não adianta ameaça — chutou AC. — Você devia me agradecer pelo que está sendo feito lá. Mas, se você quiser sair na porrada, a gente sai. Eu posso não ser daqui, mas conheço a lei. Você tem pago todos os impostos em dia? Você tem repassado todos os impostos para a Prefeitura? A sua imobiliária está legalizada? O Gordo amaciou um pouco e buscou um consenso: os moradores atuais pagariam um pequeno aumento, quase simbólico, e os novos moradores pagariam o novo preço.

A comissão saiu da imobiliária com a alegria de um bom acordo. Zuleika sentiu-se mal e a comissão sentou-se num bar. — Não é nada, é só uma tontura. E o calor — disse Zuleika. — Você é foda — disse Baixinho para AC e pediu uma cerveja. Zuleika e dona Neuza pediram água mineral. — Foi tudo muito bom — disse dona Neuza para AC. — Eu sou mãe-de-santo. Vejo coisas. Teu filho vai ser bonito como o pai. Ele vai nascer sem problema nenhum. Eu vou ajudar a tomar conta dele. Mas eu vou te fazer um pedido, meu filho: vai embora daqui. Você já ajudou muito. Já ensinou a gente a se virar. Acho que está na hora de você seguir o teu caminho. Zuleika tentou protestar, mas só conseguiu chorar longamente no ombro de AC. — Deixa de bobagem, dona Neuza, agora é que a coisa está ficando boa — disse Baixinho. — Eu disse o que tinha a dizer, e o que eu disse não sou eu que está dizendo — disse dona Neuza.

Surtar fora. Ficar e ser pai. Viver uma vida emprestada. AC tinha chegado à encruzilhada: que caminho tomar? Que mundo escolher? Foi a um culto de Álvaro de Campos. Quinze fiéis estavam presentes.

— O que é a verdade? — gritou Álvaro de Campos, os braços abertos sob o olhar do Cristo verde-azulado. — O que é a verdade? Um batalhão móvel de metáforas, metonímias, antropomorfismos. Enfim, a verdade é uma soma de relações humanas que foram enfatizadas poética e retoricamente, transpostas, enfeitadas, e que, após longo uso, parecem a vocês uma coisa sólida, canônica e obrigatória. Mas a verdade é feita de ilusões. É uma moeda que se tornou gasta, sem força sensível. Uma moeda que perdeu sua efígie e agora só entra em consideração como metal, e não mais como moeda. A verdade não tem mais valor. Por isso, o mundo vive de si próprio. Os cadáveres são seu alimento. E a vida humana é o alimento de verdade do mundo de metal. E a vontade e os sonhos são

alimentos do mundo. O mundo vive de si próprio, ele não tem mais nenhuma verdade. O mundo não tem mais espelho — uivou Álvaro de Campos. — Toda vida é encontro. Deixem de lado a verdade. Deixem de lado o mundo. Fujam da verdade! Fujam do mundo! Fujam da verdade e do mundo! Toda vida é maná. O maná vem antes do número e é tão sobrenatural quanto o número. O número 1 é o puro eu, e o número 2 é o eu impuro. O eu é o teu outro sem face, sem espelho, sem rosto. Só existe o número 1, e isso é Deus. Por isso vocês estão aqui. Só aqui vocês podem ser salvos.
  Os fiéis se dispersaram.
  — Gostou, senhor? — perguntou Álvaro de Campos.
  — Eu também devo fugir da verdade do mundo?
  — Aqui você está a salvo. Vai se juntar a mim, senhor?
  — Vou pensar no assunto.
  — O senhor está sempre pensando no assunto e nunca se decide. Está ficando tarde. Você está correndo perigo, senhor.
  — Vou pensar.
  Na semana antes do Natal, AC foi acordado por quatro homens mascarados que invadiram seu quarto. Foi espancado e uma coronhada abriu seu supercílio. Foi jogado na mala de um carro e percebeu que estava de volta ao princípio de sua fuga. Pensou em gritar, mas dentro da noite, dentro da mala, quem o ouviria? Na certa, a vila sabia o que estava acontecendo, mas ninguém sairia em sua defesa. Era a lei do silêncio. Ninguém ali seria testemunha de nada.
  Espremido na mala do carro, sabia que estava condenado à morte. Sabia que iria morrer, mas não morreria de todo, uma mulher dentro da noite levava no ventre um filho seu, um pequeno AC que sobreviveria além da besta vida que estava levando. Pensou em Álvaro de Campos, o pastor que teve a coragem de matar uma ovelha. E ele, AC, estava ali, uma ovelha pronta para o sacrifício. Ele, ovelha negra, escolhera morrer por nada.
  O carro parou e AC ouviu vozes que discutiam. Dentro da mala, pensou em rezar, mas a quem rezaria? Não tinha fé. Não tinha a fé de Álvaro de Campos. Não tinha a fé de Zuleika, a mulher que escolheu lhe dar uma outra chance de vida. Ouviu os passos de seus matadores e se fingiu desacordado. Foi retirado da mala e carregado por alguns metros. Estavam num campo de futebol. Enquanto o carregavam, ouvia os barulhos da noite, sapos, grilos,

estrelas, o vento, em breve estaria morto, não veria o dia nascer, seu corpo seria descoberto por cães, formigas carregariam as bolotas de seu sangue coagulado, apodreceria ao sol, mães trariam crianças para mostrar o que aconteceria se elas não estudassem e não fossem obedientes, Álvaro de Campos o reconheceria num necrotério qualquer e riria de sua timidez em não tentar inventar um novo deus, Baixinho ficaria com seus fregueses e criaria seu filho a tapas e desprezo, Zuleika choraria a oportunidade perdida de ser feliz e dona Neuza lamentaria não ter sido mais incisiva em sua profecia.

Então uma revolta zumbi baixou nele e ele se viu atacando seus matadores. Fora de si, viu um homem lutando pela própria vida a pernadas e braçadas, gritou e ouviu gritos que não eram dele, aquela não era sua voz, sentiu o fedor do mundo e o gosto vermelho da morte na boca, e galhos cortando sua cara, e lama nos pés e mais gritos e pequenas explosões, e foi parado violentamente por arame farpado contra seu peito, conseguiu se livrar e sentiu de novo lama debaixo dos pés e depois terra firme e uma improvável lua subindo à sua frente e latidos de cães e um silêncio enlameado e a certeza de que tinha escapado daquela vez, e que não tinha para onde voltar, e que morrera, e, como estava morto, mais do que nunca estava na hora de mudar de mundo.

Largo de Pinheiros

> Os cacos da vida, colados, formam uma
> estranha xícara.
> ("Cerâmica", Carlos Drummond de Andrade)

O chão estava nítido contra o céu claro e cru.

Na maquete da cidade, a vida em miniatura enxameava as ruas de isopor pintado. Carrinhos circulavam como besouros entre arvorezinhas verdes-pixaim; um mini-helicóptero, como uma libélula, pousava sobre a longa haste de um edifício; uma serpente de papel laminado deslizava sob pontes de papelão sujo.

O avião pousou com suavidade.

— *Con la destreza de un cóndor* — comentou o gordo argentino a seu lado, em meio aos clape-clapes de palmas com que os comovidos passageiros agradeciam ao hábil piloto.

Junto à porta do avião, a aeromoça bonita, piscando demoradamente os cílios (como fazia quando despejava em seu copo mais uma dose de uísque), não conseguia esconder a tristeza de uma despedida tão formal:

— Até logo; obrigada, senhor.

Uma luz verde piscou para ele. Ah, a felicidade dos obstáculos, quando nos são favoráveis.

Os amigos à espera o surpreenderam como uma trupe de palhaços, os narizes esmagados contra o vidro do saguão de desembarque.

Anos atrás, numa vasta cidade erguida entre dois rios, um jovem escritor preparava-se para partir. *Seus olhos eram duas fontes de lágrimas enquanto arrumava sua mala, na qual ia pondo as coisas de que mais gostava. Um velho canivete suíço de cabo negro, presente de seu pai já morto, um frasco de perfume vazio, uma lanterna pisca-pisca, um microcomputador de* drive *externo e sua coleção de bichos africanos de plástico. E também três livros de capas coloridas; os três livros que escrevera, nenhum publicado: o primeiro, de capa amarela, para crianças; o segundo, de capa vermelha, para jovens; e o terceiro, de capa laranja, para adultos e velhos.*

Ao pôr os pés na terra estrangeira, a primeira coisa que ele sentiu foi uma pontada na parte direita do ventre. Era o seu apêndice.

— O que restou de seu longo rabo — foi o que o médico lhe disse, fazendo uma careta simiesca, enquanto lhe mostrava uma estrutura cartilaginosa imersa num vidro com álcool.

Ao ver a agulha do soro enfiada em seu braço, o jovem escritor começou a chorar novamente e pediu que lhe trouxessem seu canivete e a coleção de bichos africanos de plástico.

O médico, compadecido de seu estado, disse-lhe que não ficasse triste, pois passara por uma situação ainda mais difícil. E começou a contar:

— Eu sou desta terra, mas não estive sempre aqui. Quando parti, cheguei a uma cidade onde os pães eram duros e impossíveis de morder."

No carro, sob mãos carinhosas que insistiam em despentear-lhe o cabelo, ele observou as rugas ao redor dos olhos de Clarice – sulcos finos que se ramificavam como, num mapa, o curso de um rio e seus tributários. Surpreendeu-se com sua agilidade ao volante no tráfego pesado da avenida marginal. Visivelmente alegre, ela ia contando as *novidades* e dava-lhe rápidos apertões no joelho sempre que mudava a marcha do carro.

Os três amigos, apertados no banco de trás, achavam graça em tudo. Clarice interrompia-os:

O *Diário* publicara uma crítica superfavorável de seu livro. *Todo mundo* estava lendo; "adorei a capa, com aquele sol de *Meliès* super-cor-de-laranja". Sua mãe se enganara com o dia da chegada; "ligou ontem, preocupada, uma graça"; e por falar em mãe, a dela já tinha liberado a casa na praia; podiam ir quando quisessem; ah, e por essa ele não esperava: a ex-namorada afinal se casara com o arquiteto, "o neto do império Rosencurz"; aliás, estava ansiosa para vê-lo.

— Já me ligou duas vezes confirmando a data de sua chegada — disse Clarice, olhando-o de viés e apertando os lábios num sorriso gozador.

E, levantando as sobrancelhas, lembrou-se de dizer:
— Ah, e hoje nós temos uma festa.

Antes que ele tivesse tempo de reagir à notícia, um braço surgiu entre os bancos e estendeu uma fita cassete, dizendo, entre risos:
— Chegou a hora.
— Som na caixa — disse outro, batendo palmas.

Clarice, com a fita na mão, lançou ao recém-chegado um sorriso levemente constrangido e colocou-a no toca-fitas. Com um claque da máquina, as caixas estalaram em prontidão. A música foi abafada pelo riso geral e por cochichos como de crianças muito excitadas. Quando ele conseguiu entender algo da letra, ouviu surpreso o seguinte refrão:

Cucutuca em cima
Cucutuca embaixo
Cucutuca gostoso
Amorzinho fogoso

— Bem-vindo — gargalharam os três amigos, fazendo com as mãos e o tronco uma coreografia estranha e obscena, mas que lhe pareceu ao mesmo tempo familiar, incrivelmente familiar.

Como o jovem escritor o fitasse com olhos subitamente secos e interessados, o médico continuou sua história:
"Em minhas primeiras tentativas, como estava com muita fome, perdi dois dentes e tive que recorrer a um dentista, que, além de não esclarecer nada a respeito dos pães, tirou-me todo o dinheiro que tinha. Em todo caso, comecei a namorar sua assistente, que numa das consultas, enquanto tirava o meu babador sujo de sangue, deixou-me entrever, pela manga de seu avental, um peito muito branco e seu mamilo durinho.
"— Você precisa levar os pães até o metrô — disse ela — e deixá-

los tomar o bafo quente da multidão e dos trens. Só assim eles amolecem e você evita os dentistas, que são muito caros por aqui.
"Um dia, chegando a uma estação com minhas baguetes debaixo do braço, vi um grande ajuntamento de pessoas. Escavadores de um novo túnel haviam se deparado com enormes vértebras de baleia incrustadas na rocha, e algumas, já livres da pedra, estavam dispostas pela plataforma. Ao vê-las, veio-me a idéia de que uma delas daria um ótimo banquinho para meu apartamento. E, como estavam todos atentos a um paleontólogo que, levantando os braços, explicava 'isto tudo já esteve debaixo do mar um dia', arrastei disfarçadamente uma delas até as escadarias (sendo observado por uma inofensiva garotinha que soprava bolhas de sabão, numa inconsciente homenagem ao oceano evaporado); porém, na altura do terceiro piso, já feliz com a aquisição e imaginando a admiração dos amigos que ainda faria, escorreguei numa poça e a vértebra atingiu em cheio meu pé esquerdo. A dor era tanta que não pude conter as lágrimas. Para consolar-me, ou por pura confusão, mordi um dos pães que restavam em meu bolso. Mas este, devido a minha pressa, não estava suficientemente amolecido, e me custou um dos dentes novos, o que me deixou verdadeiramente inconsolável.

"Estava nessa situação quando uma senhora de casaco roxo acinturado e um chapeuzinho de veludo cotelê aproximou-se e perguntou o que havia. Vendo que eu chorava ainda mais e pronunciava as palavras com um estranho sotaque, ela disse:

— Não fique triste. Eu sou desta terra, mas não estive sempre aqui. Quando parti, cheguei a uma cidade onde se falava uma língua traiçoeira, em que substantivos masculinos eram femininos, e vice-versa."

— Espera aí, mãe, que está passando um avião — disse ele, tampando o ouvido.

Ela já desligara.

— É sempre assim — comentou —, quando ela acha que a ligação está ficando cara, desliga sem avisar.

Mas ninguém o ouvia.

Os três amigos brincavam no quintal com dois boxers velhos e sonolentos, que corriam atrás de gravetos com latidos roucos de alegria. Clarice estava na cozinha.

Ao cortar cebolas sobre a tábua da pia, algumas lágrimas rolaram sobre suas bochechas coradas e acabaram por fazê-la chorar de verdade, emocionada. Ele a abraçou longamente, e ela, que colocara os braços ao redor de seu pescoço sem largar a faca de serra afiada, sem querer rasgou-lhe a camisa nas costas, mas não feriu sua pele.

"Não acredito que você enquadrou isso", disse ele ao entrar no banheiro, onde um quadrinho colocado ao lado do espelho mostrava o rosto de Clarice sob o emaranhado de braços de uma divindade hindu, uma colagem que ele fizera há anos, em resposta a uma carta onde ela se queixava dos três empregos que tivera de arrumar para pagar as contas do mês.

O primeiro almoço: arroz, feijão, bife à milanesa, batatas fritas e salada de tomate com rodelas de cebola; na sobremesa, os cães apareceram à janela, apoiando as patas sujas de terra sobre o peitoril e choramingando baixinho.

— Que xícaras bonitas — elogiou, quando ela trouxe o café.
E, mal pegou uma delas, largou-a com os dedos queimados.

— Uhhh — fizeram os três amigos em uníssono.

— Bonitas e boas condutoras de calor — disse Clarice, ajudando-o a recolher os cacos.

Para alívio seu, e grande pesar dos cães, os três amigos partiram.

— É incrível. Parece que eles se mudaram ontem para a casa velha da esquina — disse ele, enchendo mais uma xícara de café.

Ela sorriu e fez que sim, sem olhar para ele, enquanto reconstituía a xícara quebrada com um tubo fino de cola. Quando ela terminou, ele percebeu quanto estava cansado. Doía-lhe todo o lado direito do tronco e os pés formigavam em qualquer posição que os colocasse.

— Não será o seu apêndice? — perguntou ela com uma risadinha, do alto da cadeira, abraçando os travesseiros que acabara de pegar na parte superior do armário.

— É mau jeito de avião — respondeu ele da cama, um pouco mal-humorado.

A senhora de capote roxo e chapeuzinho de veludo cotelê, sentando-se sobre a vértebra da baleia, continuou sua história:
"Meu filho, foi horrível. Não se tratava de uma simples inversão, em que todos os substantivos masculinos eram convertidos em femininos e pronto. Eu partira recém-casada, e meu marido parecia não se importar com meus erros. Mas, chegando lá, imagine que

escandalizei minha sogra e cunhadas chamando uma cadeira de 'ele'. Ora, elas nunca haviam imaginado que era possível se sentar sobre 'ele', se é que você me entende. Revoltada com todo aquele pudor morfológico, eu sem querer cometia os mesmos erros sempre que estava com elas. Isso acabou com meu casamento, o que eu não lamentei muito. Como estava sem dinheiro, arrumei um emprego de costureira no ateliê de uma estilista famosa. Ela apaixonou-se por mim e, como eu tivera pouca sorte com os homens, resolvi me abrir para uma nova experiência. Devo confessar que os primeiros meses foram muito agradáveis. Quando completamos um ano, resolvemos comemorar a data num restaurante muito chique. E, chegando lá, qual não foi minha surpresa ao ver meu ex-marido, de fraque, e toda a sua família, muito arrumada, comemorando seu segundo casamento! Fiquei nervosíssima. Minha amiga foi compreensiva e gentil, e isso me tranqüilizou um pouco. Mas os brindes constantes de minha ex-família foram me deixando inquieta. Minha amiga queixava-se de meu silêncio e, para agradá-la, comecei a elogiar a decoração do restaurante, inclusive os móveis e – você adivinhou – eu disse, na sintaxe toda particular daquela língua: 'bonito cadeira este em que você está sentada'. Meu filho, foi horrível! Minha amiga, para minha surpresa, também se ofendeu. E como! Levantou-se, raivosa, e indagou-me se eu duvidava de sua 'feminilidade', se é que você me entende. Todo o restaurante voltou-se para mim, inclusive meus ex-marido e sogra, que com os olhos pareciam dizer: 'olhe só onde você chegou'. Eu não conseguia me mexer, as lágrimas rolando pelo meu rosto. Mas o maître, comovido com a situação, veio em meu socorro. Levou-me para a cozinha, onde, depois de oferecer-me um copo de água com açúcar, em meio a panelas borbulhando e agitados chapéus de mestre-cucas, disse-me:

— *Não fique triste. Eu sou desta terra, mas não estive sempre aqui. Quando parti, cheguei a uma cidade onde chovia muito, a terra vivia encharcada e as árvores não lançavam raízes profundas."*

Os naturalistas do século XVII afirmavam que homens, plantas e animais degeneram lentamente sempre que mudam de ambiente.

Ele estava mais míope, é verdade; uma mecha grisalha despontara em sua têmpora esquerda, e pés-de-galinha haviam ciscado no cimento fresco de sua juventude. Mas ele também ficara mais forte: bíceps em repto, e o abdômen, longe de abominável. (Afinal, para que todas as corridas com Klaus no campus?) O que ele sentia era antes uma atrofia de ordem sentimental – camadas de uma cebola seca, que Clarice em vão tentaria descascar sobre a tábua da cozinha.

Ele buscava a memória do brasileiro e achava lembranças que não tinham o tremular de uma nacionalidade. Como um general diante de sua tropa, ele passava em revista a legião de estrangeiros perfilados em algum deserto interior, e o que restava era apenas uma sensação auditiva, um coro desordeiro de vozes dissonantes.

— O que você está pensando? — perguntou Clarice junto à porta em penumbra.

— Há quanto tempo você está aí? — indagou ele, inquieto.

— Acabei de chegar.

— Estou pensando no estranho em que me tornei — respondeu ele com um suspiro.

— Que dramático — disse ela sentando-se na cama.

Ele riu e explicou-se.

— Já sei, espere um segundo — exclamou, reaparecendo em seguida com uma boneca de madeira (herança da avó ucraniana), da qual foi tirando várias bonecas sucessivamente menores, nove *matrioshkas* de rostos corados e tranças muito amarelinhas.

— Não é isso — disse ele, organizando as bonecas numa fila decrescente. — Eu sinto que eles estão justapostos; um ao lado do outro, um *à sombra* do outro. Você sabe aquela sensação que dá ao ler *As mil e uma noites* – quando Sherazade introduz na história um personagem para contar uma segunda história, na qual aparece outro personagem, que conta uma terceira história, e assim por diante?

— Hum, como uma corrida de revezamento — sugeriu a amiga.

— É uma imagem melhor.

Clarice foi guardando as bonecas uma na outra. — Que mal lhe pergunte — disse —, e o seu editor? Você chega e ele nem te dá as boas-vindas?

— Ele acha que eu chego só daqui a uma semana — respondeu ele, piscando o olho.

Ela riu.

— Atrofiado ou não, para mim você continua igualzinho — disse, puxando-o pela ponta do nariz. — E nós estamos muito felizes de você ter voltado.

35

— Nós? — indagou ele.
— Nós, seus amigos, seu bobo.
Ele fitou o teto por um instante e disse:
— Eu não contava com uma festa hoje, Clarice.

O maître, soltando a gravata-borboleta, diante do que os chapéus de mestre-cucas sacudiram-se em atenta desaprovação, continuou sua história:
"Por isso, esta terra quase não produzia frutas, excetuando-se, é claro, as rasteiras, como a melancia e a abóbora, das quais era grande exportadora. O povo que habitava este lugar divulgava um curioso folclore sobre si mesmo; diziam que ali se praticava uma estranha forma de lógica, onde toda verdade era mentira, e toda mentira, verdade.
"Mas a coisa não era tão simples. Se assim fosse, ainda seria fácil distinguir uma da outra. Na prática, porém, mentiras e verdades dançavam num ritmo louco, imprevisível; numa palavra: esse povo gostava mesmo de mentir.
"No início, fui tolerante, mas logo me cansei de tantos enganos e decepções. Comecei a me defender e, a cada vez que me tentavam passar a perna, eu retrucava:
— Numa terra onde as árvores não se enraízam, pouca verdade e menos constância haverá nos homens.
"Em princípio, as pessoas ficaram atônitas com minha ousadia; depois, ofenderam-se, e logo estavam me odiando. Acabei julgado e condenado à morte por crime de lesa-nacionalidade (da qual felizmente escapei no último minuto, por uma anistia e conseqüente deportação geral de estrangeiros). A pena capital, segundo o costume local, consistia em amarrar o condenado a uma dessas árvores nascidas em má posição à beira de um precipício e esperar que ele ali morresse de abandono e inanição.
"Ao chegarmos ao local, vi num dos galhos um velho calvo, de olhos azuis muito doces, que fitava o abismo com uma expressão de desdém melancólico. Depois de amarrarem-me as mãos e os pés, um dos soldados cuspiu-me no rosto, dizendo: 'estrangeiro maldito'. E, como esta fora a única verdade que eu ouvira alguém pronunciar naquela terra, comecei a chorar. Quando os guardas partiram, meu choro ficou ainda mais forte, e o velho, comovendo-se com minha situação, arregalou os olhos e disse:

— *Não fique triste, eu sou desta terra, mas não estive sempre aqui. Quando parti, cheguei a um lugar onde era possível encontrar as mais belas borboletas do mundo!"*

A noite estava fria. A rua, repleta de carros. Uma tênue neblina formava halos esbranquiçados ao redor das luzes dos postes. Gotículas de sereno brilhavam sobre o capô dos automóveis.

— Leo e Roberta apostaram comigo que você não vinha — disse Clarice, enquanto procurava um lugar para estacionar. — Eles vão adorar.

As janelas do sobrado lançavam reflexos alaranjados e roxos sobre as árvores do outro lado da rua; sobre um galho, dois olhos de gato brilhavam assustados com o barulho da música, que, por um efeito da geografia do bairro do Pacaembu, cheio de morros e estreitos vales, ouvia-se em eco, ao final da rua em declive, onde, numa praça pequena e redonda, descansava uma gangorra pontilhada de neblina.

Ao longo do muro baixo, uma dezena de bonequinhos, como os que se vêem no topo de bolos de casamento de muitos andares, sorriam colados à superfície fria do cimento.

— Que graça de decoração! — exclamou Clarice ao percebê-los.

Leo e Roberta estavam na porta, recebendo um grupo de pessoas que ele não conhecia.

— Nosso artista internacional — ele saudou-o com um beijo molhado de champanhe.

— Vocês perderam o brinde — disse ela, trançando as mãos com as de Leo e tomando um gole de sua taça.

Tinham todos se conhecido na Faculdade de Letras, anos atrás. Leo, de cabeleira ruiva e algumas sardas no nariz bem-feito (o púbis vermelho era fácil de identificar sob as duchas depois das aulas de educação física), dera aulas de português em escolas particulares; agora era redator numa agência de publicidade; Roberta, olhos vivos sob grossas sobrancelhas, seguira carreira acadêmica, e era colega de Clarice no departamento de lingüística da faculdade. Escreviam-lhe às vezes, e, há um ano, tinham passado uma semana em sua casa, quando então lhe falaram dos planos do casamento ("chegou a hora de darmos nossa satisfação à sociedade", brincara Leo), agora consumado.

Roberta fez todos darem um gole de sua taça de champanhe. Imagine que sua mãe havia chorado na hora de assinar o livro das testemunhas... E depois de sete anos de convivência com o genro? E seu pai, depois de tudo ter acabado, foi pegar um violão no carro e cantou um fado?

Alguém apareceu sobre os ombros de Leo, sussurrando a má notícia:

— Gente, acho que está acabando o gelo.

Numa pequena roda, rostos conhecidos bebericavam uísque e espetavam azeitonas e cubinhos de queijo provolone de um grande prato sobre a mesa.

Um deles mostrou-lhe gengivas vermelhas e um fiapo verde entre dentes:

— Bravo. O golpe do Primeiro Mundo sempre funciona.

— Ele deu a volta por cima... do Equador — disse outro, entre risos.

— O que seus alunos acham da literatura brasileira? — interveio o ex-professor, encolhendo a barriga ao ver aproximar-se a aluna com seu copo de uísque.

Uma senhora com o cabelo armado e cheirando a laquê interrompeu-os para falar de sua tese, a da emergência de uma cultura européia única, incorruptível amálgama de tradições milenares, onde já era impossível reconhecer os finos traços que separam os países num mapa.

— Imaginem que o globo terrestre seja um animal acuado, algo como um tatu-bola enrolado sobre si mesmo. Se nós fôssemos caçadores e quiséssemos furar-lhe a cabeça, onde deveríamos atirar? Na Europa, é claro. Ela é o cérebro da Terra. A Europa inventou o planeta.

O velho amigo aspirante a escritor surgiu-lhe com os olhos injetados, salpicando-lhe gotículas de saliva sobre o rosto:

— Gostei do teu livro, cara, mas acho que você ficou com um puta complexo de culpa, do tamanho de um daqueles números *einhundertfünfundzwangigtausendneunhundertdreiunddreißig* — disse, soltando pelas narinas dois jatos de fumaça, com tal força que empurraram sua cabeça para trás.

Tumulto na porta. Os três amigos haviam chegado. Acenaram-lhe com expressão marota. Clarice pegou-o pela mão, dizendo:

— Vamos ver como está lá em cima.

Num dos quartos, um grupo mais jovem dava gargalhadas entre baforadas de maconha. Clarice conhecia a irmã mais nova de Roberta, uma garota nos seus dezenove anos, cabelos lisos e olhos ainda mais vivos que os da primeira, que lhe passou o pequeno cigarro mal enrolado. Ele deu duas ou três tragadas, que arranharam sua garganta e fizeram lacrimejar os seus olhos.

No outro quarto, onde duas janelas amplas deixavam entrar o vento frio da rua, sombras dançavam em fotogramas meticulosamente sincronizados por um estroboscópio atento ao ritmo das músicas. Numa das paredes, um projetor desenhava hipnóticas espirais vermelho-esverdeadas, enquanto, preso ao teto, um globo prateado girava a intervalos definidos, explodindo a sala em pequenos cristais coloridos, que ora revelavam um olho laranja de pupilas contraídas, ora um nariz azul ou um naco de lábios cor-de-violeta.

Quando eles chegaram à porta, de súbito e sem aviso o som parou.

— Uhhhhhhhh — vaiaram os vultos.

Com um estalo das caixas, a música recomeçou, mas era outra:

Cucutuca pra dentro
Cucutuca pra fora
Cucutuca gostoso
Amorzinho fogoso

As sombras indignaram-se. O que é isso? O que é isso? Alguns riam, outros vaiavam, enquanto, no meio da pista, os três sabotadores repetiam a coreografia obscena que ele conhecera pela manhã.

Aproveitando a confusão, ele pegou Clarice firmemente pelo braço e levou-a para a porta. Ao alcançarem o portão, Leo, aos berros, surgindo à janela num clarão verde-e-roxo, atirou para fora uma fita cassete, que, batendo na calçada, foi cair aos pés de um casal que acabava de chegar.

— Que é isso? — exclamou uma voz agradável e familiar. — Briga doméstica no dia do casório?

Era Lúcia, com uma expressão estranhamente divertida. Quando o viu, deu um grito:

— Queriiido! Eu não esperava te encontrar aqui. Mas não acredito que vocês já vão tão cedo.

— *Jet-lag* — desculpou-se ele.

— É claro. Mas você almoça comigo a-ma-nhã — disse ela, batendo suavemente com o indicador na ponta de seu nariz (ele reconheceu a expressão: ela estava um pouco alta). — Está bem?
— Amanhã viajo para a casa de minha mãe, às sete horas.
— Ah, dá tempo. Olha, vou te dar o endereço — disse ela, tirando um cartão da bolsa. — Acabamos de mudar para o Largo de Pinheiros. É bárbaro. Cheio de gente, animado. A cara do Brasil.
— A arquitetura da região é uma das mais originais da cidade — explicou Chico.
— Você vai adorar — assegurou-lhe ela, como se ele não conhecesse o lugar e se tratasse de uma atração imperdível. — Então? Te espero à uma.
Na volta, Clarice desculpou-se:
— Que desastre.
— Você não tem culpa. Sete anos é muito tempo.
— E não acreditei na cara-de-pau de sua *ex*— disparou ela. — Você deve ter percebido que ela mal olhou na minha cara! *Um lugar super-rico* — repetiu, imitando a voz de Lúcia. — Aquilo é o caos. Cheio de vendedores ambulantes, nordestinos, uma pobreza só. Caso você aceite o convite, já vou te avisando: ouvi dizer que ela usa um sino para chamar a empregada. Imagine, usar um sino num apartamento, de quantos quartos? Três, no máximo; no Largo de Pinheiros!
Ele fechou os olhos, suavemente embriagado, apoiando a cabeça no encosto do banco do carro.
Clarice brecou de súbito.
— Um bêbado — disse ela —, pedindo para ser atropelado.
Eles passavam ao lado do parque. Na madrugada, a neblina adensava-se sobre o lago e escondia o topo de um obelisco construído para soldados que tinham partido e nunca mais voltado. Numa praça iluminada de amarelo-mercúrio, índios e bandeirantes a cavalo arrastavam uma pesada canoa, como numa antiga embalagem de chocolates.

O velho, espichando do meio das cordas que lhe atavam as mãos um dedo para coçar o nariz, continuou então sua história: "Minha ambição, como entomólogo e lepidopterologista, era capturar um espécime da lendária Lysandra malva Nab.*, a deslumbrante borboleta cor-de-malva descrita nos diários do explorador Umberto*

Nabucocco, e cujo único exemplar perdeu-se no grande incêndio do Ardis Museum of Natural History, NY. Mandei confeccionar redes de tramas as mais delicadas, pinças cujas pontas eram recobertas de finas camadas de couro e umidificadores capazes de reproduzir o clima da floresta em uma simples caixa de sapatos; e parti.

"No primeiro ano, vi uma delas voejando sobre um riozinho onde o sol batia em raios oblíquos, filtrados pela copa das árvores, e cuja luz era refletida nas centenas de cachoeirinhas e redemoinhos formados pela água. Minha fada agitava as asinhas em soluços de prazer. Foi a mais bela visão de minha vida – e não consegui sequer levantar minha rede. No segundo e no terceiro ano, apesar de ter coletado muitos outros espécimes raros, não a vi uma única vez. No quarto, observei-a às margens de um rio largo, no crepúsculo, onde suas asas rosa-arroxeadas ganhavam súbitos tons laranja-dourados – mas ela me escapou novamente. No quinto e no sexto ano, um único casulo recém-abandonado! E então, no sétimo, encontrei minha ninfa sobre uma orquídea igualmente cor-de-malva, onde ela sorvia o néctar por sua tromba espiralada. Comecei a persegui-la e, ao fim de uma hora, minha fada estava sobre um junco às margens do rio, exausta e abatida, pronta para descansar nas tramas de minha rede. E então, maldito!, um peixe com bigodes de gato e uma boca enorme (e infelizmente chamado de papa-borboletas), saltou da água e, com uma agilidade verdadeiramente felina, arrebatou-me a Lysandra, mergulhando-a para sempre no fundo do rio! Desesperei-me. Sete anos de trabalho, e agora tudo perdido. O que eu iria dizer a meus compatriotas quando voltasse a minha terra? (E você vê, pela situação em que me encontro, que meus temores não eram de todo infundados.) Achei que a morte era o único destino que me cabia e me atirei ao rio. Quando despertei, estava de volta à vila, e vivo. Comecei a chorar de desgosto. Um escritor que estava no barco que me resgatara quis saber o que havia. E, quando contei-lhe minha história, ele levantou uns olhos muito doces e disse:

— Não fique triste, eu sou desta terra, mas não estive sempre aqui. Quando finalmente voltei, eu me senti um forasteiro, e não havia nada, nonada que me fizesse feliz."

Na manhã seguinte, ele acordou com o barulho de um avião que partia do aeroporto próximo.

Ficou na cama até que um segundo avião passasse, ouvindo o

som das turbinas que se afastavam, desdobrando para ele o roteiro do viajante que, sentado muitos milhares de metros acima de sua cabeça, preparava-se para cruzar o oceano. Por um momento ele desejou abrir os olhos e encontrar-se no lugar do estranho que lia tranqüilamente seu jornal, espiando pela janela o panorama livre do céu, as caravanas de nuvens que passavam, como camelos batidos de sol.

O despertador tocou afinal. Clarice deixara um bilhete sob a xícara reconstituída:

> *Querido, faça uma boa viagem. Beijos na mama. Tem salada de frutas na geladeira e café em cima do fogão. Quando for esquentar, cuidado para não deixá-lo ferver. Espero ansiosamente sua volta para fazermos nossa viagem à praia. Beijos e mais beijos. E desculpe a horrível caligrafia (estou com as dez mãos ocupadas).*
>
> *Clarishiva*

Ele riu e, sem querer, despejou o café quente na xícara recém-colada. Diante dos súbitos estalos, que pareciam prestes a implodi-la em suas mãos, correu e despejou o café na pia. Examinou-a. Estava intacta. Os pedaços encaixavam-se como países no mapa de um velho continente. Suspirou aliviado.

Colocou algumas peças de roupa na mochila menor e, acomodando-a nas costas, foi até o ponto de ônibus indicado pela amiga. Ao chegarem em casa, na noite anterior, Clarice expusera sua teoria sobre o fato de Lúcia e Chico estarem morando no Largo de Pinheiros (afinal, "os Rosencurz são uma das famílias de industriais mais importantes do país"): "ah, judeus, você sabe. Eles ainda têm suas tábuas de leis, e o avô é capaz de abrir mais de um mar Vermelho. Lembra-se da Marta, aquela minha amiga da ioga? É uma das netas, prima do Chico. Quando casou, também ganhou um apartamento pobrinho, na Água Branca, e falava dele como se fosse um loft em Manhattan. Deve fazer parte da iniciação familiar, vai entender".

O apartamento de Lúcia e Chico não ficava exatamente no largo, mas numa perpendicular à rua de fundos da cinzenta igreja de Nossa Senhora de Mont Serrat, que dominava a pequena praça barulhenta, onde seu ônibus emparelhou-se com dezenas de outros ônibus fumarentos, e ele desceu em meio ao tumulto dos camelôs.

Era uma praça retangular limitada por ruas estreitas. À frente da igreja, uma construção recém-inaugurada chamava a atenção por duas torres de material plástico cor-de-laranja, que, imitando os minaretes de uma mesquita árabe, partiam de seu topo como dois foguetes em chamas – o *Esfihão* – diziam os arabescos de neon, que, embora ainda fosse claro, brilhavam para enfatizar a novidade do empreendimento; do lado esquerdo, um açougue ocupava praticamente metade da quadra; acima da placa ao longo da fachada, lia-se "Rede de Carnes Cowboy", em letras paulistamente pretas-e-vermelhas, duas janelas amplas deixavam ver um indistinto movimento de dança. A porta que dava acesso à sobreloja ficava na esquina, na qual dois velhos, sentados em banquinhos baixos, e protegidos do sol pelo toldo vermelho do açougue, jogavam dominó apoiando um tabuleiro de camurça verde sobre os joelhos. Acima da porta, lia-se:

Dleusa Dansas
(ensinase o cucutuca)

Uma negra beiçuda, de blusinha amarela justa que mal continha os peitos muito gordos, apareceu à janela e atirou um chiclete para baixo. Um som de música escorria da escada íngreme que levava ao salão de "dansas". Ele mirou as janelas por um instante. O som tinha parado e então recomeçou:

Cucutuca molinho
Cucutuca durinho
Cucutuca gostoso
Amorzinho cheiroso

Ele riu, surpreso. E misturou-se à multidão barulhenta.

Na décimo nono andar da sala de visitas de Lúcia Rosencurz, o barulho era apenas um rumor contínuo, mas quase inaudível, que chegava abafado das ruas de baixo.

Lúcia, descalça, vestindo uma camiseta preta sem mangas e pantalonas gelo, com os cabelos ainda molhados de um banho recém-tomado, perguntou-lhe, agachada diante do aparelho de som:

— O que você quer ouvir?

A empregada, uma negra de olhos tristes, com mechas brancas sobre o cabelo pixaim, apareceu na porta da cozinha:

— Dona Lúcia, a senhora pode vir aqui um minutinho?

Lúcia fez uma cara desgostosa, mas sorriu em seguida, dizendo a ele:

— Querido, você não quer escolher os discos? Depois é só apertar o *shuffle*.

O apartamento era muito bom. Amplo, pé-direito elevado, e janelas que ofereciam as vistas da Cidade Universitária. Ela era uma dona-de-casa caprichosa e exigente. Os guardanapos de papel traziam os monogramas do casal em letras douradas. O sinete estava lá, naturalmente, e era usado com energia a cada impaciente necessidade da patroa. Mais suco, tirar os pratos da salada, trazer o prato quente, olhar a correspondência que tinham enfiado embaixo da porta. Ao notar seu olhar curioso, ela comentou com naturalidade, como se estivesse anunciando um produto na TV:

— É um costume na casa dos avós do Chico; além do que é superprático!

Falaram de generalidades: a vida no Brasil, a vida fora do Brasil; como era bom viajar, entrar em contato com outra cultura.

— Li seu livro — disse ela, afinal. — Parabéns! Eu sempre soube que você seria um escritor.

Ele sorriu agradecido.

— E o coração? — ela quis saber, sem rodeios.

— Vai indo — respondeu ele mais rápido do que esperava. — Klaus está na China, fazendo um curso de acupuntura. Mas não estamos mais juntos — disse, com um copo de suco nas mãos, do qual em seguida deu um grande gole.

Ela fez uma expressão triste.

— Mas conheci uma mulher interessante — disse ele, como que para consolá-la.

— Gosto das mulheres de seus contos — disse ela, despejando mais suco em seu copo. — Mas prefiro os homens — completou, colocando a jarra suavemente sobre a mesa.

Ele fez uma cara de quem não tinha entendido.

— Você pinta os homens com cores mais vivas — explicou ela.

— Você acha? Mas as mulheres estão presentes em todas as minhas histórias... — quis responder, levemente ansioso.

— Pode ser. Mas em nenhuma delas o umbigo é capaz de se

transformar num lago de água salgada; aliás, as descrições dos meninos dos seus contos sempre me deixam com tesão.
Ora, ora. Ele notou uma escorregadia vulgaridade na maneira como ela pronunciava as palavras. Despeito pelos anos em que estiveram juntos? Ou talvez apenas um conselho? Ele desconversou. Os seios dela ainda pareciam tão dispostos como anos atrás. Pediu-lhe que mostrasse suas telas.
— Tem um cílio aqui na ponta do seu nariz — disse ela. E, passando o indicador sobre ele, estendeu-o, dizendo:
— Vamos fazer um desejo.
Ele colocou seu indicador sobre o dela, mas não conseguiu pensar em nada. Separaram os dedos, e o cílio estava sobre o seu, desamparado como uma vírgula órfã.
Ela fez um muxoxo, sorrindo em seguida:
— Você ganhou.
A porta da cozinha se abriu, e uma menina de uns dezoito anos, de calça desbotada e um bustiê de crochê com listas amarelas, vermelhas e verdes, entrou e disse:
— Minha mãe falou que eu já posso tirar a mesa.
Lúcia esboçou uma expressão mal-humorada, mas em seguida dirigiu-se a ele, em tom de desculpa, ao mesmo tempo em que abria um sorriso natural e lindo:
— A Rosa estava meio gripada e trouxe a filha para ajudar no trabalho.
Ele fitou por um instante o umbigo da menina, que ia colocando desajeitadamente os pratos sobre a bandeja.
Comeram a sobremesa; depois, viram as telas. O ateliê ficava no andar de baixo.
— A família do Chico é dona de todo o prédio — explicou Lúcia, enquanto abria as janelas e a luz pousava sobre enormes telas retangulares, onde se viam bolas e quadrados pintados em vários tons de cinza. Ela explicava: "aqui o conceito é o silêncio, não o silêncio da natureza, mas o silêncio da cidade, como a gente vê em alguns domingos, ou durante os jogos da Copa do Mundo".
A empregada, cujo outro filho, aliás, era jogador de futebol, veio servir o café no ateliê.
Ela propôs uma última brincadeira, ler a borra do café no fundo de sua xícara, mas ele disse que se atrasaria. Beijando suas bochechas contrariadas, saiu finalmente para a rua.

O jovem escritor continuou então sua história:
"Uma vez, andando por uma antiga praça de minha cidade, a sensação de forasteiro deixou vazio e cavo meu coração diastólico, como se o sangue, indeciso, tivesse se detido no umbral de uma válvula atrioventricular. Foi então que, erguendo a cabeça, vi uma placa onde se lia:

Dleusa Dansas
(ensinase o cucutuca)

"Num salão decorado com pandeiros coloridos colados às paredes, homens morenos de bigode, como mouros peninsulares, dançavam com africanas altas e bem-feitas de corpo.
"A coreografia era complicada, mas sensualmente precisa. Num dos passos, os homens faziam uma massagem sobre os próprios traseiros, enquanto as mulheres levavam as mãos à cabeça e giravam lentamente. Em outro, o homem, agachado, rebolava o quadril, enquanto a mulher dobrava molemente os joelhos, como se fosse sentar em seu colo. Mas todos pareciam ser um preparativo para o momento culminante, em que os corpos, colados no ritmo, formavam uma massa única, e vibravam em fisgadas súbitas, como sístoles de um coração indiviso. Era o famoso 'cucutuca'. Depois de preencher a 'ficha de iscrição', observei atento os casais, até que uma das professoras veio me 'tirar', como me havia explicado a secretária, passando-me um papel verde meio amassado com suas longas unhas pintadas de púrpura.
"—Primeira vez?— perguntou-me a professora, mascando um chiclete roxo. — Então é melhor tirar o sapato.
"Obedeci e segui-a até a pista. Os primeiros passos até que foram relativamente simples, como um rebolado com as mãos nos joelhos, ou descer o quadril até o chão enquanto ela passava pernas rápidas sobre minha cabeça, ou fazer dez flexões com o salto de sua sandália roçando meu períneo – tudo bem. Mas, quando a nega me estreitou em seus braços, colando seu corpo ao meu, e iniciou a parte frenética da coisa, num ritmo maluco, algo como três pra cá, cinco pra lá, eu não resisti. Caímos, e caímos feio. Bem no meio do salão. E chegamos ao chão da maneira mais improvável, eu beijando a sola de sua sandália amarela, e meu pé enfiado sob sua blusa, despontando no meio de seu decote, meu dedão entre seus peitos gordos e arfantes.

"E todo o salão parou ali para nos ajudar, mas não pôde conter o riso diante da cena. E também rimos, porque não havia mais nada a fazer. Enganchados, eu muito vermelho e ela da cor de seu chiclete, eu e a nega maluca rimos como duas crianças riem."

E o jovem escritor deu uma risada deliciosa, contagiando o velho entomólogo, que, esquecendo por um minuto sua borboleta cor-de-malva, também pôs-se a rir, lançando uma gargalhada que ecoou pelo abismo e que, como um rastilho de pólvora, atingiu o maître, apertado entre as cordas que o amarravam à árvore, e também na cozinha, onde os cozinheiros todos agitaram seus chapéus de maneira divertida, fazendo a senhora secar suas lágrimas e dar boas risadas sentada sobre a vértebra da baleia, animando o médico, que abriu sua boca banguela, balançando o vidro com o apêndice de seu jovem paciente, que, já esquecido da agulha de soro em seu braço, soltou até umas lágrimas de alegria.

E, como num sonho, num rastilho de peças de dominó, os finos feixes de riso que escorriam pelas cachoeirinhas de dentes afinal despencaram de sua garganta, na gargalhada que ele agora dava nos braços da professora Dleusa, que ria mostrando os dentes muito brancos, e sem querer cuspiu um chiclete que foi colar-se a um pandeiro verde jogado num canto.

E o salão era uma risada só – os homens de bigode seguravam a barriga, acompanhados por pretinhas de tranças funk, negonas de cabelo rastafári, e duas macabéas de bolsa vermelha e bochechas cheias de ruge, que mostraram as bocas meio banguelas num riso quase tímido.

As janelas estavam abertas, e um vento fresco inundava toda a sala.

No fim de tarde cor-de-malva, a primeira estrela era um vago avião, enquanto, logo acima dos minaretes de plástico, a lua brilhava – nova e irônica – como o fio reluzente de uma adaga.

Alejandra Saiz

A toilette de Eva

Todas as catedrais do mundo, ou pequenas igrejas nativas, sabem que às dezoito horas os sinos devem tocar. As sinagogas são um mistério, mas no Templo dos Macacos, na Índia, os seres giram, e rodam tantas vezes quanto custem subir seus pensamentos ao céu. O céu suarento, grande tela de sonhos acima das pequenas cabeças de gente, de repolho, de cavalos-marinhos, do Cristo, e da família de girassóis que ocupam a vista e a terra nos verões.

Olhar para o céu dava náuseas em Dora; é que, esquizofrênica por título de nobreza, adorava amontoar nuvens até que formassem o brinquedo do dia. Chegou a reconhecer Judas nas nuvens. Sempre teve uma compaixão louca por Judas, porque, na verdade, ninguém beija senão por amor, e se estava determinada sua atuação, ele não tinha mais arbítrio que qualquer de seus brinquedos de fumaça e gás.

Um dia, encontrou lá num canto azul a velha russa que lhe arrancava os dentes durante o sono (quando criança, é claro, só criança recebe sem protocolo e juízo de valor os espectros e serafins da Terra). E a velha lhe sussurrava:

— Caranço, Caranço, dá-me beijos até os dentes.

Aos seis anos, a menina estava banguela de tantos beijos dados.

Na Páscoa daquela idade, ficou confusa se a Rainha de Sabá e o Senhor que criou sua rua, com seu pai, mãe, os irmãos mais novos e o gato Fausto, era Buda, um tal de Lutero ou Noé. A senhora que acompanhava o criador, ela estava convicta: "era a Rainha de

Sabá". E a Rainha era toda feita de dois olhos gigantescos e com cílios sedutores.

A sala escura morava depois de cinco lances de escadas; lá ela aprendia a ler. A mestra era dona Miquelina, que existia somente através de seu nariz áspero e impiedoso; a menina, enquanto não se tornou um pouco áspera, um pouco nariz, padeceu da urina que insistia a lhe correr pelas pernas melecando a calça do uniforme bordô. Mas corria aquecendo-lhe, como se o corpo produzisse a enzima do afagar e lhe ninasse momentaneamente. Depois, vinha o frio, que é o que toda alma sente e espalha pela carne quando se sabe só.

Quem teria sido mais bela: Clara Bowl, Dorothy Lamour, ou Nossa Senhora de Fátima? Também tinha Lelita Rosa... Bem no fim, votava sempre na própria mãe: Carmen, linda de morrer e quase boa. O único defeito, e que também achava lindo de morrer, era um dedo eunuco, que ficou assim porque o outro pedaço fugiu de amor com o tétano.

Agora não tinha jeito, a hora do suicídio só dependia dos sinos, e os anjos dos vitrais viriam todos. Os olhos estavam adornados como o de uma deusa egípcia, os cabelos voavam e as margaridas, quase murchas, pendiam de seu busto retraído. Ela toda reacendia o perfume voraz da liberdade. Cômica Ofélia velha, que era Dora sem Romeu.

Sua prisão esboçou-se com as aula de geografia, depois civismo e história com suas continhas pálidas de revolução (imaginava um colar triste que ninguém ousaria exibir); nas aulas, dividiram os dedos dos pés e os dedos das mãos e ficou perplexa quando o irmão passou com o velotrol pelo pé; sua unha caiu, a febre tomou o corpinho branco deixando os lábios azuis. O pior foi a dor, malandra, rompeu a fronteira das pernas e chegou ao nariz, que não parava de escorrer. Também falaram dos passaportes, tão oscilantes... "Você teria um verde?", *pardón*, mas a tendência aponta para os tons terra, avermelhados. Quando lhe falaram de patriotismo, não sabia que inclusive emitiam carteirinhas para ser restrito; quem neste mundo haveria de ser tão bobo e querer passaporte? Quem neste mundo?

Os homens da história que lhe contaram não construíram um muro suficiente para partir o céu. O seu céu é tão justo que escorre por toda a Terra, diferente da colcha da avó, com emendas, colorida de retalhos. A única Pátria que admitiu foi o cesto em que Fausto deitava, onde até a cadela Etelvina podia dormir; parecia o colo de todas as mães.

Etelvina era do vizinho; o quintal dos vizinhos com suas cercas austeras nunca guardaram segredos. Houve sempre um espiar por cima, ou frestas confusas em esconder. E lá sempre estava a luz ou escuridão, como do seu próprio quintal.

Agora caíam-lhe umas gotinhas no rosto borrando a *mise-en-scène* mortuária. Só uma garoa, tudo ficou tão lento. Lembrou, sim, de um único segredo que se manteve: a face da Louca. Quando chegou na vila com a família e o gato Fausto, e tinha oito anos, deparou-se com um mundo primitivo de benzedeiras, enxadas e pó. Na primeira noite, escondeu-se num canto do beliche provisório, todos dormiam cansados. Os olhos ajudados por uma vela correram as paredes do casebre, distraída foi se achegando, até que de um buraco começam a saltar lagartixas irritadas. Nem grito escapou-lhe. Muda, produziu a enzima do afagar, depois veio o frio. Solidária a ela, uma outra criança começou a urrar numa casa próxima. O horror estrangulado era expelido pelos gritos.

Todos levantaram, inclusive Fausto. Velas e luzes ocuparam o quarto, a cozinha, era tudo um cômodo só. Os gritos prosseguiram até o amanhecer.

A costureira contou: "era a menina Louca..."

Durante muitos anos, a Louca foi sua amiga, gritando por ela. Era o pavor se aproximar, que a amiga gritava. Grande amor esse, nunca se viram, aliás, a Louca nunca foi vista. Como seria a face da Louca? Como seriam o esôfago, e os rins, e as artérias da avó? Sempre desejou destampá-la para compreender. Sempre, não; começou na vez que Maria Rosa em tom confidencial falava com Carmen. Falavam sobre hemorróida. Dora numa angústia danada, mal podia ouvir. Dias pensando: "Quem é ela? Quem será Hemorróida?"

Antes de virar crente, a avó índia era da Festa do Divino. Foi durante esse ritual que a menina consternada inquiriu:

— Vó, me fala quem é a Hemorróida?

Maria Rosa tomou-a pela mão e sentaram-se próximas à barraca de chouriços.

— Hemorróida não é... Ela acontece. (Silêncio, silêncio, silêncio)
— Vó, ela está acontecendo?
— Está.
— Onde?
— Em muitos lugares.
— Eu posso ver?

Então, Maria esclareceu que acontecia ao mesmo tempo no mundo inteiro. Principalmente em gente. E a menina, cada vez mais específica, quis saber "por quê". A velha derrotada começou perguntando: "Quantas carambolas você consegue segurar nas mãos?" Dora respondeu que duas, mas deixou bem claro que balinhas seguraria até dez.

— É isso: toda vez que tentamos reter mais do que podemos, a hemorróida acontece — concluiu a velha, apaziguada.

E a menina iluminou-se com a profecia: o amor não pode ser contido, ele tem que ir, espalhar-se; é preciso desprender-se. Jurou que a Hemorróida não aconteceria com ela. Passou todas as festas dos santos perguntando, do sanfoneiro até seu Rafael da venda (isso dava uns seis quarteirões), se eles já tinham visto a Hemorróida acontecer.

No outono, as dores atacaram sua cabeça, foi quando conheceu Diva. Elas conversavam muito sobre joaninhas. Diva ardia pelas amarelas e Dora pelas de asas poá. Juntas, tomavam bebidinhas, brincadeira de bonecas, porque a água não era filtrada e as folhas podiam ser qualquer mato próximo. Faziam tortas e musses de um único ingrediente: o barro da calçada. Afinal, quem precisa de tantas claras em neve? As xícaras das bebidinhas, variados chás, Dora fazia questão de lavar e devolver à cristaleira de Diva, que se alimentava em admirá-las.

Entre joaninhas e a amiga, Dora acordou com a dor. A cabeça esquentava e soluçava sílabas de uma possível explosão. A menina foi até o banheiro e se deu conta de que a calcinha azul ficara toda vermelha. O sangue começou a gotejar e corar as pernas finas, em minutos o chão também corara. Dora sabia: ia morrer! "Por que tão nova?", pensava com o rosto cheio de lágrimas. Ter que deixar "mamãe" e seus brinquedos de borracha.

Dessa vez, a Louca não resistiu e gritou até ficar rouca.

O casebre de Dora tinha banheiro no quintal. Apanhou a bacia de lavar roupa, colocou umas canecas de água e lavou-se o dia inteiro. À noite, a água virou sangue. A menina enfiou-se embaixo das cobertas e, quando a mãe chegou do trabalho, Dora fez que dormia. A criança passou três dias no mesmo ritual, esperando a morte, e a mãe passou três dias na agonia de contar ou não que se cresce.

Dora não queria seios. Pressentia qualquer exigência nas definições. Queria ser livre, correr procurando colméias, conversar com insetos, ouvir histórias das benzedeiras, confabular por telepatia;

viver por viver, no mesmo instante, como que apanhando borboletas azuis de Clarice. Mas crescer era vermelho, morrer era vermelho. O irmão curioso espiou pela porta destroçada e viu os cabelos, o rosto, as mãos de Dora crescendo. Ficou chocado. Ela descobriu a graça, brincou de fantasma acidentado e naquele último dia cortou seu cordão com a bacia e atravessou o vilarejo crescendo e assustando os desavisados. Guardou por anos a mágoa das definições, depois deu-lhe a alforria.

Quando visitou Diva pela última vez, percebeu seu andar letárgico, o roupão branco, a mesinha branca e as duas cadeiras vazias cheirando a desinfetante. Impossível passar pela porta, só Diva sabia caminhar por entre as xícaras. Somavam quatrocentas e vinte oito xícaras e seus respectivos pires no chão, todas com chá. Eram de porcelana, e não plástico, como no tempo das musses de barro. Servindo chá numa nova xícara que Dora não recusou, contou sobre sua alma, que transbordava. Falou das sogras que não admitiam os filhos sentados a uma mesma mesa, e de sua dor, das cadeiras que desfilavam vagas, de como brincava de carrossel com louças, do frio que batia da janela aberta.

A doçura nas narinas não se sabe se vinha da bebida ou daquela alma. Lembraram-se dos roubos de flores dos jardins, e da piedade repentina por tê-las colhido; de quando roubaram os ursões e o coelho de pelúcia da vizinha. Eram horríveis, de pêlos curtos, um castanho indefinido e os olhos eram pontos de linhas mal arrematados. Diva confessou que o ursão castanho de olhos amarelos foi seu primeiro namorado. Asco para Dora: "um bicho tão feio e repugnante". Roubava pelo prazer, pela velocidade do perigo atravessando o estômago, acelerando o coração; para sentir-se terrível, medonha.

Seria divertido tentar andar pelas xícaras... Sabia, no entanto, que não poderiam compartilhar essa brincadeira. Antes de ir, lançou olhares de boa sorte para as cadeiras, que fossem ocupadas, e a mesa pudesse se fartar de delícias; tomou, como diria Diva, o último gole do "chá da virtude", buscando o mínimo de dor; nessa noite, abafou o "chorinho no travesseiro", transbordando da sua maneira.

Quem tocava os sinos era Ocsi, dia após dia. Sempre desejou uma bateria com baquetas verdes. Quando Dora o avistou, olhou determinada para o fundo de seu suicídio; ajeitou as margaridas. Ouve-se a fala predileta de ambos: "é preciso amar o próximo..." (depois os resmungos das beatas).

Ocsi adorava hurkas, nasceu em Budapeste, e sua irmã o deixava furioso por causa da toilette demorada. Quando entrava no banheiro e a porta se fechava, adeus... O pior era a curiosidade, porque a irmã produzia os sons mais esdrúxulos: de pular corda, de cachoeira, de chicotes, de sereia. Pensava: "Será que ela tem amigos que só brincam com ela?" A irmã sempre confirmava, dizendo que podia chamar até os primos mortos da Hungria.

Quando o piá conseguia entrar no banheiro, ficava horas procurando a mágica. Abria o chuveiro e a torneira ao mesmo tempo, jogava gotinhas de água no espelho ou o virava de ponta-cabeça, ficava nu correndo em círculos (algumas das insinuações de Eva sobre a fórmula da magia). Saía constantemente cansado, mas convencido de que por pouco... até tinha a impressão de ter visto, uma vez, a cauda de uma sereia.

Faltavam quatro minutos para as dezoito horas. Ocsi estava no beiral da torre. Inconfessável o que sentia por Dora; na repartição secreta de sua gaveta, todas as cartas de amor; junto tinha umas para a professora, para a mãe, e até para Eva comentando sobre seus avanços e espionagens. Do beiral, o menino gritou: "Dora, Dora!" Ela o focaliza, braços bem abertos cabelinhos sacolejando no ar, parecia um anjo.

— Dora, vamos voar?!... Vamos voar! — repetia como um mantra que reverberava. — Dora, vamos voar?! — E, como seu hálito de leite do menino chegasse às narinas de Dora, ela sentiu um arrepio. Ocsi sempre faminto tinha uma mamadeira que usava nas noites. Por isso cheirava a leite, como pintinho cheira a gema.

— Dora, vamos voar?! — E olhou a amada saciado, como ancião saciado, as bochechas coradas e as pupilas refletindo Dora, que doía. — Dora... não dói!

E o anjo voou. Desesperada, Dora corre para a igreja, salta o corpo de Ocsi – um minuto para as dezoito horas – então, os sinos; toca-os com fúria, dor, depois toca apenas. Ocsi precisava ser beijado; os vitrais estavam vazios, porque Ocsi estava sendo beijado.

Embaixo, a multidão incrédula espantava os monstrinhos coloridos e pelados que tentavam beijar o morto.

A chuva engrossou, e a vida escorreu sua cor predileta por baixo dos sapatos. Ocsi em sua última expressão guardou um sorriso desconcertante. Os braços bem abertos entre um muro e outro.

Antonio R. Esteves

Cacos ou
o cheiro da mexerica

Cacos. Pedaços. Fragmentos. Tudo arrebentado. Estilhaçado. Ah, pedaços de mim, relembra a canção. O difícil mesmo é sair por aí catando os pedaços perdidos. Complicado juntar os fragmentos: quase sempre acaba sobrando algum.

Quem neste agitado mundo presta atenção nos cacos? Quem sai por aí, pelas ruas, pelas estradas, pelo mundo afora, observando a imensa quantidade de cacos espalhados pela beira do caminho? Tristemente abandonados. Sozinhos.

Cacos de louça, de vidro, de porcelana. De cristal, até mesmo. Restos de xícaras, pratos, copos, taças, tigelas. Tigelas que serviram a sopa fumeante na gélida noite. Taças que brindaram acontecimentos felizes. Copos que ainda guardam o hálito quente de amantes apaixonados. Pratos onde se saboreou o manjar do banquete ou onde simplesmente se deliciou um mero jantar preparado com amor e pétalas de rosa. Xícaras que trazem a marca de lábios num café saboreado na cama sob as quentes cobertas da paixão. Xícaras quebradas pelas trêmulas mãos solitárias durante o chá nas vazias tardes outonais. Hoje cacos. Sozinho, cada qual rememora sua história. Tristes algumas. Felizes outras.

Quando eu era criança, brincava com os cacos. Reunia pedaços de objetos quebrados e formava minha casinha. Minha sala, minha cozinha, minha cristaleira. Meus pratos, minhas caçarolas. Minhas tigelas. Tigelas. "Olha, vizinha, meus pratinhos novos de sobremesa! Ganhei de meu noivo. Vamos comer arroz-doce?" E apontava os pedaços daquele azul brilhante. Vidro de leite de magnésia Philips. Era uma felicidade grande quando achava uma xícara quase inteira. Um copo pela metade. Um vidro de cor diferente. Sempre preferi os cacos de louça. Melhor que vidro. O branco da louça me chamava a atenção. A existência da porcelana soube-a bem mais tarde. Primeiro através dos livros. Depois pude vê-la. Usá-la, só muito tempo depois, às vezes. O mesmo com o cristal. Nunca tive achaques de falsa fineza: o nariz empinado, o pescoço espichado por detrás das antigüidades na feira do Rastro. Sou incapaz de identificar um bacará, as porcelanas de Sèvres ou da Companhia. Aliás, sua existência, conheço-a da literatura e do cinema.

A louça rústica tem seus encantos. Cada pedaço tem sua história.

Tentava reconstruir cenas perdidas da infância, enquanto caminhava por onde, num tempo remoto, esteve a casa. Hoje nada mais resta naquele sítio ermo. Poucas árvores sobreviveram. Árvores conhecidas, perdidas no matagal que ocupa o lugar onde outrora estiveram a casa, o poço, o paiol, a tulha, o chiqueiro, o curral. O mangueirão, enfim, um pouco mais distante, quase imperceptível no meio da capoeira.

Ali o encontrei. Apenas um caco.

Um desses tantos cacos pelos quais passamos todos os dias e nem sequer os vemos. Mas era diferente, e eu o vi. Meio encoberto pela terra, à beira da trilha das vacas transformada em caminho de enxurrada. Ali estava. E eu o vi.

Catei-o. Louça branca, bem amarelada. Encardida nas quebraduras. Veio-me, então, a frase predileta de minha mãe – e de todas as mães pobres, penso –, quando esfregava freneticamente pratos e tigelas deixando imperceptível a parte quebrada, onde a ausência do esmalte faz a sujeira colar com mais força. "A gente é pobre, mas tem que ter asseio." Pobre, mas limpinho. Quase gargalhei. Quantas vezes repeti entre amigos, em tom de broma, esta frase tremendamente brega. Por trás do riso frenético, uma ponta de dor. Esta frase de minha mãe, de uma ingenuidade terrível.

Ali, naquele lugar abandonado, cansado de ser pisado pelas vacas, estava o caco, perdido, implorando para que eu o levasse.

Que o tirasse do frio. Que lhe desse vida. Que acalentasse sua existência inútil. Abaixei-me curioso, como faço tantas vezes pela beira dos caminhos que percorro e de onde vou carregando coisas, costume que devo ter herdado de minha avó, que sempre que saía de casa voltava carregada de quinquilharias que ia encontrando por onde passava: latas vazias, pedaços de madeira, arame, ferro velho, sementes de árvores, mudas de plantas. Sempre achava que aquelas bugigangas poderiam ter alguma utilidade. Uma lata receberia asas e seria um novo caneco, uma tábua se transformaria numa estante a mais na prateleira, uma vareta de ferro colocada sob o telhado serviria de gancho onde dependurar mais velharias. Eu tinha vergonha de sair com ela pela vizinhança, pois onde parava simplesmente ia catando coisas ou pedindo-as aos donos das casas. Sua casa sempre tinha tranqueiras por todos os lados, em especial nos puxados construídos para armazenar mais e mais bugigangas. Pilhas de lenha, arreamentos de cavalos e burros, cangas quando já não existiam mais carros-de-boi. Abóboras maduras, algumas secas, outras apodrecidas à espera de transformar-se no doce do Natal. Sacas de amendoim, feijão, pipoca, réstias de alho ou cebola, chochos ou carunchados, de colheitas antigas, mas que tinham que ser usados antes dos mais recentes, já que em seu dicionário não existia a palavra perda. Minha pobre avó, que envelheceu entre trastes e tudo perdeu em sua vida, até mesmo a razão. Vive variando nessa noite sem fim de quem perdeu a lucidez, misturando o nome dos filhos e netos com sobrinhos seus e do marido, sem conseguir saber ao certo quem é quem.

Ali estava ele. Oferecia-se arreganhadamente e tomei-o. Um caco de louça branca, encardida, como já disse. Pequeno, mas grande o suficiente para que eu notasse o desenho azul na superfície envelhecida. Reconheci-o. Era um pedaço de tigela. De uma das tigelas de minha infância. Era um jogo, umas quatro, talvez. Não me lembro exatamente de quantas eram. Esses jogos que ficam nas prateleiras quando não estão em uso, encaixadas uma dentro da outra, como as bonecas russas. Não faz muito tempo, havia uma delas ainda em uso na casa de minha mãe.

Reconheci o caco pelo desenho. Havia uma faixa azul, fina, circundando a borda. Alguns raminhos de flores azuis também, como em gomos, desciam da borda até quase o fundo. Era um azul claro, bem discreto. O fundo nunca havia sido branco de verdade, era desse branco encardido das louças pobres. Com o tempo, escure-

57

ceu bem mais. Manchou-se, trincou-se. Mesmo puxando bastante o fio da memória, não consigo lembrar-me ao certo de alguma ocasião em que tivesse se quebrado uma daquelas tigelas. Eram resistentes, fortes. Tinham sobrevivido a muitos acidentes e serviram muito feijão-mulatinho, avermelhado, muita sopa de fubá, com toucinho e couve, ou mostarda. Muito mais saborosa. Ou a canja de galinha do jantar, feita com pés, pescoço, asas e miúdos do frango que seria assado no dia seguinte. Um dia, desapareceu a última delas, não sei precisar quando, substituída pelas modernas tigelas inquebráveis, mas que também com o tempo se quebram, de duralex, *sed lex*. Já se acabaram.

No entanto, ali estava um caco. E eu, diante do caco. Mudo, absorto.

Depois de longa ausência tornava àqueles lugares. Viagem rápida, conturbada e emotiva. Eu estava à beira desse misterioso precipício que conduz à obscura noite, o sombrio reino dos sonhos. Bem estabelecido, a notícia pegou-me como uma catastrófica tempestade. A realidade tinha caído como um imenso bloco de pedra sobre minha cabeça. Em poucas semanas, vendi as coisas mais valiosas, cuidei dos assuntos mais urgentes e tomei o avião. Tinha que rever ainda uma vez minha terra natal, esse lugar-comum de cujo nome nem quero acordar-me. Vieram à tona, amareladas e emaranhadas, muitas lembranças do passado, rio que busca e acha em cada etapa seu curso mais profundo. Minha terra natal sempre teve um apelo especial para mim. Sempre me buscava. Nunca consegui separar-me definitivamente dela. Sempre me desejava. A casa, a família, amigos de infância. Mais que pessoas, no entanto, lugares. A separação havia sido penosa. E, se o pastor chora, querido amigo, há de queixar-se toda a aldeia. Fazia anos que eu tinha ido embora. A casa onde passei boa parte de minha infância e adolescência tinha ficado vazia e havia sido corroída pelo tempo.

Sempre tive fixação por algumas frutas. Lima, jaca, mexerica. Abacate nem tanto. Durante todos esses anos, sentia, perambulando nos mercados espanhóis, o forte aroma da jaca entrando-me pelas narinas. Nem as mais finas mandarinas de Valência e Málaga, nem mesmo as importadas do Marrocos ou da Grécia, nenhuma delas superava o cheiro forte da mexerica de minha infância. Ouvia a voz de minha avó dizendo que chupar lima era bom para os rins e anelava ardentemente sentir o sabor meio-amargo da lima e seu suave odor. Nunca mais sentiria tais perfumes, cheguei a temer, nos momentos mais difíceis, atacado pela nostalgia e pela distância, quando parecia que a morte poderia colher-me a qualquer instante. A morte, porém, como já dizia minha avó, não há que a temer, nem procurá-la, esperá-la, não mais.

Quinta-Feira Santa. Um dia difícil. Ver a avó, ali, totalmente desmemoriada, espichada naquela cama suja, cheirando a urina, sem nem sequer me reconhecer, não foi fácil. A tia, como sempre, quase sem palavras, fechada em seu negro rancor. Decidi, então, depois dos momentos naquele cubículo, revisitar a antiga casa. A última vez, pensei.

E realmente foi a última vez. Não mais voltei lá. Acho que a questão pode até já estar resolvida. Nada me impede que volte. Simplesmente não tenho ganas de voltar, nem necessidade. Como dizia minha outra avó, Maria Placidina, meu coração não pede. É suave em mim a lembrança dessa avó que não fazia coisas que o coração não pedisse e que morreu um dia, velhinha, serenamente, de doença indeterminada. Também é suave em mim a lembrança da casa e do quintal. Imagens tranqüilas, que se alternam com outras nada serenas.

Abandonei o malcheiroso lugar.

Não confundir as avós. Dona Placidina, a brasileira, mãe de minha mãe, já estava morta nesse então. Esclareço para que você não se perca nos fios do trançado. Dona Soledad, a espanhola, ali deitada, é a mãe de meu pai, aquela de quem fui muito próximo, dessa proximidade de amor e ódio, tão comum nas relações humanas. Agora, apenas amor, ou pelo menos eu assim desejava. Tentava perdoar as pessoas, na triste ilusão de que perdoar é mais fácil que odiar ou amar. Da mesma forma que tinha decidido aceitar a morte como coisa natural, acreditava também poder conviver com sentimentos como o amor e o perdão. Vã ilusão. Alegre é poder viver devagarinho, miudinho, não se importando demasiado com coisa quase nenhuma. Aspirar o perfume da rosa. Floridas rosas, escolhidas a dedo.

Vendo minha avó ali naquela cama, chorei interiormente – não me lembro de ter derramado lágrimas externas, é provável que sim, mas sempre fui muito duro e contido – com certeza, mais por mim que por ela, que, naquele momento, nada entendia, perdida num emaranhado de lembranças onde vários tempos e espaços se mesclavam. Com certeza, morrerei antes dela, pensava às vezes, apesar de sua idade avançada. Mais de noventa, certamente. Nunca se conseguiu determinar com exatidão a data de seu nascimento, em terras de Espanha. Nem mesmo o ano em que atravessou o mar oceano, ainda menina, para tentar sorte melhor nesta terra de caboclos. A mesma viagem fiz, muitos anos depois, em sentido inverso, com a mesma triste e vã fantasia, antes de descobrir que não há terra melhor nem pior. Apenas terra diferente.

Para isso, precisei, no entanto, cruzar o mar oceano nos dois sentidos. Fui-me. Acreditei que o trigo era água e fui-me. Que voz perfeita ou imperfeita dirá as verdades do trigo? Estando aqui, desejei conhecer as terras de lá. Aquelas raízes que me faziam tremer e chorar a cada vez que ouvia os lamentos de Camarón de la Isla, um rio de vozes. E lá, ansiava nunca perder de meu olfato o suave aroma da lima, mesmo embaralhado entre tantos *melocotones* e *chirimoyas*, *horchatas* e *chufas, si us plau*. E o cheiro da mexerica.

Saí do quarto de minha avó muito emocionado e tomei a direção da casa. É um trajeto relativamente curto, pouco mais de um quilômetro talvez, nunca medimos, mas isso é o que diziam na época. E esse trajeto pode ser encurtado ainda mais se, em vez de se ir pelo caminho – hoje já quase não há caminho, pois pouca gente ainda passa por ali – pega-se o atalho, pelo meio do mato. Fui pelo caminho e voltei pelo mato: queria rever o riacho e as cachoeiras.

O caminho é cheio de árvores, velhas conhecidas. É incrível a capacidade que as árvores têm de não envelhecer. Muito pelo contrário: parece que, quanto mais velhas, mais bonitas ficam. Acontece, por exemplo, com dois ipês, paus d'arco. Levaram não sei quantos anos para florescer. Desde criança eu via aquelas árvores imensas, mas só agora vim vê-las cobertas de flores. Um dos ipês na beira do barranco da estrada velha, junto da casa de minha avó. O outro numa baixadinha, depois da porteira, já na Fazenda Esperança. Uma árvore imensa. Nunca tinha posto flor. Passou anos e anos coberta pela folhagem verde-escura, peculiar aos ipês-roxos. Agora estava coberta de flores. O cheiro gostoso de terra sombreada. Vontade imensa de deixar-me jazer em seu tapete e dormir tranqüilamente.

Quando era criança, me intrigava o fato de que algumas árvores dessem flor e outras não. Os mais velhos diziam que não eram maduras o suficiente. Questão de tempo, igual jabuticabeira, que leva vinte anos para dar frutas. Haja paciência, eu pensava. Paciência meu pai nunca teve. Por isso nunca plantou jabuticabeira, fruta de que eu tanto gosto. Árvores inúteis, dizia, ocupam espaço para nada. Por isso na casa, essa casa para onde estamos indo, nunca teve muitas frutas. Demasiado utilitário, meu pai plantou poucas árvores: o que produzia era roça e não podia desperdiçar terreno plano com árvores que não dão lucro. É bem verdade que o sítio era pequeno, bastante cheio de pirambeiras cobertas por arranha-gato. Não carecia de exagerar.

Quando mudamos para lá, não tinha quase nada: uma casa velha, de barro, que foi derrubada. Aproveitaram o poço, o paiol, a tulha, o mangueirão dos porcos. O madeirame e as telhas da casa foram usados na construção da nova, também de barro, como dizíamos. A escola ensinou-me, mais tarde, que o processo chama-se pau-a-pique, com taipa ou adobe, segundo o caso. Chique, não? Aquelas paredes embarreadas eram bem mais simples.

Era uma casa grande: três quartos – depois, um deles foi desativado para aumentar a cozinha. Havia um outro quartinho, menorzinho, que foi transformado em despensa e banheiro. Cobertura de telhas e chão acimentado, paredes de taipa, mas todas caiadas de branco por dentro – tinha até um barrado de vermelhão. Por fora era barro mesmo. Na porta da cozinha, havia uma área – assim se chamava a varanda – onde minha mãe tinha o jirau de lavar louça e alguns metros depois outro coberto com o poço, as vascas e o batedouro. Assim era a casa. Perto, a limeira, herança do antigo morador – quando na vida meu pai plantaria uma árvore de tão pouca utilidade?

Havia também uma parreira, esta sim totalmente sem utilidade pois era de uma espécie ácida, e eu nunca a vi muito carregada. Os poucos cachos que nasciam nem chegavam a amadurecer direito – nós os chupávamos assim mesmo – azedos de arrepiar. Hoje penso que aquela pobre parreira nunca deve ter sido podada direito, nem bem cuidada. Talvez por isso não tivesse dado bons frutos. Mais tarde, diante das parreiras dos áridos campos de Valdepeñas, lembrava-me dela, com imensas folhas verdes e sem frutas. A comparação com os vinhedos de La Rioja, essa sim impossível. A verdade é que foi respeitada, apesar do espaço que ocupava, e nunca foi derrubada. Tinha sido plantada pela minha avó, essa dona Soledad que anhorava aquelas parreiras de sua infância, que nunca pôde reproduzir nesta terra quente e úmida, onde o calor produz videiras com abundantes cipós e excessivas garras e faz com que as raras frutas sejam pequenas e ácidas.

Próximo à limeira, havia um abacateiro, do qual pouco me lembro, já que o abacate nunca foi meu forte, mas que todo ano cumpria sua função de produzir uma infinidade de abacates. Apesar de miúdos, eram bem doces. Acataremos seu ato?

E agora já não havia nem a casa, nem o poço, nem a limeira, nem a parreira. No lugar da casa, apenas alguns esteios mais resistentes. No lugar das árvores, apenas o velho abacateiro, ainda de pé – e eu acho que é bem mais velho que eu – bastante carcomido e mirrado, com frutas minúsculas, resultado da velhice. E uma pequena floresta de goiabeiras nativas, todas com as folhas roídas pelo besourinho, verdadeira praga.

Mais abaixo, a tulha, ao lado dela o paiol – tulha para guardar café, paiol para guardar milho. A tulha era de madeira; o paiol, de paredes de bambu. No fundo dos dois, que eram geminados, o chiqueiro, tanto o de engorda como o das porcas de cria. Embaixo da tulha havia um pequeno porão, que vivia cheio de sapos ou ratos e que às vezes recebia a visita de alguma jibóia, em busca de comida. Por aí também estavam os ninhos de galinhas de minha mãe, mas o galinheiro mesmo localizava-se um pouco mais adiante. Eram três casinhas emendadas onde ficavam os pintinhos – eventualmente peruzinhos, pois houve uma época em que minha mãe criou perus. Atrás dele, um grande cercado de tela que servia para prender as galinhas na época das colheitas para evitar estragos. Ao lado, um enorme limoeiro, limão-cavalo, ou limão-cravo, ou limão-burro, ou limão-bravo, como você preferir. Desse limoeiro tomei muita limonada. Dali também saía o suco de limão onde se curtia a pimenta, num processo que nunca mais vi – nem minha mãe o usa mais – e que produz o molho de pimenta mais perfumado que conheço. As pimenteiras, quando as galinhas deixavam, cresciam embaixo desse limoeiro.

Perto dele ficavam as quatro árvores mais importantes da casa, plantadas pela minha avó, e respeitadas pelo meu pai. Um pé de tangerina, um pé de mexerica e duas laranjeiras. Tudo plantado por semente, por suas próprias mãos. Isto significa que levam um monte de anos até dar a primeira fruta, e ninguém garante se vai ser doce ou não. Mas tivemos sorte: a mexerica era doce e graúda, a tangerina e as laranjas também. Havia ainda, do lado direito da tulha, uma imensa paineira, que já existia quando ali chegamos e que mais tarde deu belas flores.

Restaram a paineira velha, abandonada, a mexeriqueira e uma laranjeira. Tudo o mais desapareceu. Tudo isso eu revi: o sítio como era antes, na memória, com seus cheiros, cores e perfumes. Sei que é lugar-comum, mas até mesmo ouvi a voz de minha mãe gritando alguma coisa da máquina de costura onde passava a maior parte do tempo, sentada. Ouvi-me a mim mesmo gritando qualquer coisa com meu irmão ou brigando pela disputa de alguma pinha recém-madura.

E também vi o lugar como hoje está, irreconhecível quase, para quem não o conheceu antes. Tudo transformado em pastagem, cheio de vacas mansas, ruminando serenamente sua sorte, deitadas na sombra da paineira velha abandonada, da jaqueira, do meu pé de tangerina. Indícios apenas das antigas construções. E cruzei o umbral do mistério. Lugar sombrio. Uma verdadeira capoeira sulcada pelos trilhos das vacas que descem em direção à aguada. Por um deles, desci em busca do riacho, antigamente fundo e empoçado, cheio de cachoeiras. Meu pai costumava pescar até mesmo traíras nos poços mais fundos e tranquilos à sombra das ingazeiras. Às vezes, quando minha mãe descuidava, brincávamos em alguma daquelas cachoeiras.

Nem rastro do lugar onde esteve durante tanto tempo a horta que produzia, além de vários tipos de verduras e legumes, bastante alho e cebola, o suficiente até para vender. Hoje, o riacho, que produzia grandes e assustadoras enchentes, suficientes para arrastar o gado, ou quem estivesse por perto, está totalmente assoreado. Reduzido a um ralo fio d'água, desapareceram os poços e as locas, onde meu avô passava com a tarrafa tentando encontrar algum bagre ou traíra, mas levando na maioria das vezes apenas algum tambiú ou, mais comumente, cascudos miúdos, que, depois de colocados na cinza quente do fogão, produziam uma pequena poção de macia carne branca. Até mesmo as cachoeiras já não são as mesmas. Diminuiu a altura da queda e na mais importante delas desprendeu-se, com a ação do tempo e da água, a laje da qual despencava a água.

"*Que güeno que veniste a verme. Tanto tiempo que no te veo*", disse minha avó quando entrei no quarto. Ela, que sempre falou português conosco, um português com pouca interferência do espanhol andaluz de sua longínqua infância granadina, depois que perdeu a lucidez deu por falar espanhol. Portunhol, pois mesclava as duas línguas sem nenhuma cerimônia. E olhou bem para meus olhos. Uma luz atravessou meu espírito cansado. A felicidade tomou conta de mim. Mesmo sabendo que ela apenas de vez em quando tinha algum lampejo de lucidez, eu acalentava a esperança de que pudesse me reconhecer. Tinha ficado bastante triste quando recebi uma carta contando que minha querida avó, a quem eu nunca mais voltara a ver depois da partida, tinha esclerosado. Perdeu o sentido da razão, diziam uns. Caducou, diziam outros, menos sutis. Motivos: idade exagerada, muito sofrimento. Fuga dos problemas que, com o passar do tempo, não acabaram nem diminuíram, simplesmente aumentaram em demasia. Um belo dia, cansada de viver e sem poder morrer, simplesmente se desconectou do fero mundinho que a rodeava. Deixou de reconhecer as pessoas. Mistura os tempos.

Uma lágrima ensaiou rolar pelo meu rosto quando senti em mim seus olhos sem brilho, quase murchos. Sua mão seca apertou a minha. Beijei aquele rosto flácido, molhado de suor, tentando encontrar no arquivo da memória um registro de outro beijo. Não me lembro de ter beijado antes, tão dura e áspera, dona Soledá, minha avó. "*Te quiero mucho, sabes, mi hermanico querido.*" O quarto estava quente. A velha cama, com um colchão de espuma barata amassada no centro, estava coberta por um plástico, embaixo do lençol encardido. Forte cheiro de urina. "Tenho que colocar este plástico", disse a tia, carrancuda, do outro lado do portal, "senão não faço para colocar o colchão secar no sol. Ela se urina toda. E de noite não me deixa dormir, a noite inteira gemendo. Tive que trazer outra cama e colocar aí do lado. Não estou agüentando mais, e ninguém me ajuda em nada."

Eu continuava olhando para aquele rostinho miúdo, lábios murchos, a dentadura decrépita, com os dentes gastos. Tentava imaginar em que mundo tinha mergulhado *doña* Soledad, que olhava para mim e via talvez seu irmão Juanito, morto há muitos e muitos anos, antes de meu nascimento, e de quem ela contava histórias incríveis, enquanto remexia nos canteiros da horta de minha infância.

Uma tarde de inverno, este nosso inverno sem calor nem frio, quando o vento arrasta as folhas secas das árvores de um lado para o outro. A gente olha para os lados e não vê nada verde além dos canteiros de rabanetes, cenoura, alface, beterraba, almeirão. Ela pegava água da poça com o velho regador de latão e molhava os canteiros. Cheiro de terra úmida, cheiro pingado, respingado, risonho, cheiro de alegriazinha. Eu menino a seguia desviando-me dos canteiros. E ela contava histórias de seu mano mais velho, o Juanito, que era sabido, não era analfabeto como os outros irmãos, tinha estudado no seminário, ia até ser padre, mas não agüentou e fugiu, queria casar-se, ter mulher e filhos. Ser feliz. Quando ele já estava mocinho, eles tinham vindo embora da Espanha, querida Espanha, terra ingrata, árida e seca, requeimada pelo sol, nunca mais voltarei a ti. Era pequenina, lembrava pouco, uma figueira grande perto da porta, casa de pedra, ou de barro, não se lembrava direito. Pequena, de um só piso, o chão era de terra, mas era tão bem pisada, que dava gosto. Fazia muito frio, e ela dormia junto com as ovelhas, que traziam da quadra, que ficava atrás. Ia regando as plantinhas e contando. Quando era pequena, tinha medo de ficar olhando as sombras das pessoas na parede, quando havia chamas no fogão. Iam e vinham, algumas vezes lentamente, outras bem aos saltos. Me dava medo. O Juanito fugiu dos padres e eles vieram buscar de volta, o pai "ateu", dizia padre, juiz, doutor, quanto mais longe, melhor. Achava bom que ele tinha voltado, iria para o campo cuidar das ovelhas, iria à fonte, com o burro, buscar água. Um braço a mais. A mãe tinha ficado triste, queria um filho estudado, padre, ganhando a vida na sombra, comendo cozido todos os dias, bebendo vinho, roupa limpa. Mas o tio Juanito, que já sabia ler e escrever bem, e que depois foi líder sindical nas primeiras greves de São Paulo, pois ele nunca gostou de ficar na roça, plantando café igual a seus pais e irmãos menores, não quis ser padre, e sofreu bastante, dizia minha avó, enquanto colhia folhas de mostarda para fazer uma sopa, teve que ir para a Argentina, porque se meteu com sindicatos. E lá ele viveu, casou-se, teve filhos, mas nunca mais voltou para ver a família. Ela sentia muitas saudades dele, quando ela era pequena, ele contava histórias das quais ela gostava bastante. A história de um homem todo atrapalhado, meio maluco, que um dia vinha por uma estrada e viu que havia uns monstros que iam atacá-lo e então ele avançou nos monstros e não eram monstros, eram moinhos. E ela então me explicava o que eram moinhos, umas coisas imensas assim de grandes, que ela mesma nunca tinha visto, porque na terra dela o moinho era assim puxado por um burro, igual aos engenhos de cana que existiam por aqui antigamente, mas que servia para moer o trigo. E eu ficava imaginando o moinho da despensa, de moer café, todo grande, imenso, com um gigante movendo o cabo em movimento circular. Ela mesma nunca tinha visto o trigo, mas o tio Juanito contava como eram os trigais amarelos, assim como as roças de arroz. Mais bonito que um trigal, só um campo de girassóis. E me lembro do cartaz turístico de Toledo, o amarelo de *El entierro del conde de Orgaz* abrindo-se num campo de girassóis, mas naquele tempo eu ainda nem conhecia os girassóis da Rússia, e girassol, para mim, era uma flor solitária que existia no jardim da Fazenda Esperança, e que girava bestamente acompanhando o sol, tinha dito a professora. E a primeira vez que vi um trigal, de verdade, dourado, irradiando a dadivosa luz do sol, pelos campos de Soria pura, *cabeza* de Extremadura, Soria fria com seu castelo guerreiro, lembrei-me de minha avó Soledad, pés no barro, de cócoras, raleando a couve do canteiro, o sol se pondo lá atrás da lagoa, me explicando o que era o trigo-louro que se debulha e mói e produz o pão, aquele mesmo pão amassado por suas pesadas mãos, segundo o melhor costume andaluz, e assado no forno redondo como um cupim. Ia amassando pão, sovando duramente a massa branca, com seus dedos ásperos e firmes, dedos que nunca fizeram um carinho além de produzir aquele pão que desmanchava na boca, e contando histórias e falando de seu irmão Juanito. Eu girando o cabo do cilindro de madeira, pesado para meus poucos anos, e ela passando a massa que estourava em bolhas. "Tá no ponto. Quanto mais borbulhas, mais macio fica." O Juanito era muito inteligente, falava muito bem, escrevia muito bem, dizem que tinha uma letra bonita, por isso foi até guarda-livros de uma fazenda de café, mas era muito briguento, discutiu com o patrão e foi-se embora para São Paulo. E depois para a Argentina, lá ele morreu, ficamos sabendo depois; um amigo, do mesmo *pueblo*, um dia escreveu para os parentes e contou a novidade. Tinha casado e tinha filhos, devem estar por lá seus filhos e até netos. E ela ia lavando as folhas de mostarda, uma a uma no tanque. Também um raminho de erva-doce, que ela chamava de *aní*, e um punhado de salsa, que chamava *peregí*, e cebola, que era cebola mesmo. Para fazer uma sopa, sopa de mostarda com fubá, banha de porco, bastante alho e cebola. E num instante já tínhamos saído da horta e caminhado o trecho que a separava da casa e eu levava feliz um raminho de *aní*, saltitante em meus cinco anos, e a sopa já estava pronta na imensa panela de ferro, naquele fogão de lenha tão alto que eu nem alcançava. Tripa vazia, coração sem alegria, e eu já estava tomando a sopa fumegante na tigela velha descascada que ela dizia que tinha ganhado no dia do casamento e que ainda estava inteira porque era cuidadosa. E contava histórias de seu irmão Juanito, que era inteligente e sabido, e tinha ido à escola, enquanto ela e as irmãs menores eram tão analfabetas que não sabiam fazer nem o O com o fundo da garrafa. Mas ela tinha braços fortes e embarreava todo ano as paredes da casa, até que teve uma casa de tijolos. E ia na roça, com meu avô, mineiro do sul de Minas, que não falava nada nunca e bebia muito e, quando ficava bêbado como um gambá, brigava bastante e era pão-duro que só ele, se queres que o dinheiro não te falte, o primeiro que tiver não o gastes, nem dava dinheiro para os filhos, e era ela que tinha que comprar, com as galinhas que criava e com ovos que vendia semanalmente para o oveiro, as roupas dos filhos. E criou todos os filhos e também criaria os netos, se preciso fosse, não tivesse sido muito autoritária e briguenta, o que a indispôs com as noras, especialmente minha mãe, que, quando pôde, tirou todos os seus rebentos da influência da avó. E nunca mais ela pôde contar histórias de um cavaleiro andante, com o miolo meio mole de tanto ler livros, histórias que Juanito lhe contava quando era criança, mas tinha cabeça boa e se lembrava muito bem.

Aquele quarto, aquele cheiro de urina, tantos outros cheiros, tantos outros impactos e a minha avó, que não lembra mais quem eu sou. Eu, que voltei para casa, depois da terrível notícia, Deus meu, e ela nem me reconhece e me confunde com um morto qualquer de sua infância. Terra ingrata, entre todas espúria e mesquinha, nunca mais voltarei, tinha jurado no desespero da partida, há tantos anos. E dona Soledad tinha preparado, quando fui ao sítio despedir-me dela, aquele pão que nunca mais voltei a provar, nem aqui, nem lá, porque a farinha não é boa como antes, ela reclamava. O fermento já não era o de garrafa, mas comprado na padaria. O forno, sim, de lenha, mineiro, dizia eu, ela jurava que era o mesmo de sua mãe. Ela fez o pão fresco e fez *mantecao* e rosquinha de pinga, porque eu ia embora para a Espanha, e ela já pouco se lembrava da Espanha, uns contos que o tio Juanito lhe contara. "Estou muito velha já", disse-me quando me despedi dela, abraçando-a, pela primeira vez na vida, "quando você voltar, se é que volta, já estarei morta". E ela chorava, e eu, imbecilmente, desviei o rosto para ver os pintinhos que piavam desesperados de fome atrás da galinha-choca. Enorme nó na garganta, lágrimas jorrando aos borbotões por dentro e por fora, sentimentos contidos que vão amargando o interior. Todos os dias que vieram depois eram tempo de doer. E nem sabia ainda o que era tristeza. E naquele dia de sábado eu tinha comido pela última vez o *puchero* de *garbanzo* com frango caipira, que ela mesma tinha criado. A panela de ferro, velha, marcada pelo peso dos anos, o molho avermelhado com massa de tomate Elefante, e o garbanço, meio manchado, porque era mais barato – e ninguém pode mais comprar *gran-de-vico* no preço em que está. E ela continuava pobre, para cachorro magro tudo é pulga, talvez não tão pobre, mas o hábito de economizar em tudo, e até passar necessidade, já estava tão arraigado que era impossível saber qual a verdadeira situação. Desejava que na Espanha as coisas estivessem melhores, mas não tinha muita ilusão, porque lá, sim, a coisa era feia e a fome era fome, não como aqui, que sempre, tendo-se vontade de trabalhar, serviço é que não falta para se ganhar um prato de arroz e *feijón*.

No entanto, estou eu aqui, de volta, unido ainda à outra margem, o cordão umbilical, imenso como uma longa e ondulante serpentina. Angústia no peito, o coração disparado, o suor frio. Preparado para tomar a barca que me levará, esta sim, à ultima viagem. Diante de mim, dona Sol, ali, navegando noutros mares, em seu mundo sem tempo. Chamas, dores, guerras, mortes, males ferozes: paciência, a hora há de chegar. Quando o diabo está perto, a gente sente o cheiro até nas flores.

Pela janela aberta do *quartucho* entrava o mormaço que dificultava a respiração espremida ainda mais pelo coração que palpitava. O sol, lá fora, torrava as tímidas folhas da grama, pronto transformadas em capim seco, avidamente devorado pelas vacas magras que pastavam pacientes, enquanto tentavam espantar com o rabo uma nuvem de moscas, gulosas, impertinentes. No céu, gaviões e urubus arrastavam sombras, agourando que uma delas, enfraquecida, não encontrasse forças para sair do atoleiro, de onde se aproximavam tentando encontrar algum raminho verde. Pelas ramas do loureiro, vi duas aves escuras, uma era a outra, e as duas eram nenhuma.

O céu era de um azul terrivelmente metálico pisando a luz do dia. E aquele instante, em que dona Soledade apertava a minha mão e enxergava em meu rosto triste marcado por sulcos e profundas dúvidas qualquer juvenil imagem de um Juanito seminarista na Granada do começo do século, fez-se eterno.

Tão azul era o céu como na fria manhã de janeiro, quando depois de estar vivendo em Madri havia vários anos, já com relativo conforto, passados os primeiros anos de vacas magras, decidi finalmente sair à procura daquela longínqua Motril granadina, no extremo sul da península, *cercana* ao odor de espumas, espumas do mar salgado. Havia andado muitos caminhos, sulcado muitas veredas, navegando por cem mares e atracando em cem ribeiras, cruzado verdejantes aldeias galegas, cinzentas vilas castelhanas, nebulosos *caseríos euskeras*, brancos povoados serranos, cálidos *cortijos* andaluzes, suaves hortas levantinas, balneários das várias costas douradas, brancas, bravias, perfumadas e verdes de sol e luz. E todas as *ramblas* do planeta. Havia seguido a rota de conquistadores, peregrinos, descobridores, transumantes e quixotescos cavaleiros andantes. Visitei castelos ruinosos, grandiosos palácios, igrejas monumentais, austeros conventos, mosteiros tranqüilos, mesquitas serenas, antigas sinagogas. E nunca fui a Motril, distante e solitária.

E, ainda que soubesse os caminhos, nunca chegava a Motril. Cidade de 66404 habitantes, na província de Granada, a 584 quilômetros da capital do país, cabeça do partido judicial do mesmo nome. Importante porto. Riquezas econômicas: cana-de-açúcar, oliveiras, vinhas, algodão, milho. Apicultura. Ferro, chumbo, cobre. Álcool. O trem arrastou-se penosamente pela estepe castelhana, e a manhã colheu-me na estação central de Málaga: Costa do Sol. Tinham dito que o melhor caminho era o da costa, o mar por testemunha. De Málaga a Motril, duas horas num bom *autobus* de carreira. A estrada bordeava o mar, cruzando povoados de nomes sonoros, os derradeiros domínios daquele melancólico Boabdil, último soberano *nazarín*, hoje unidos pelos infinitos condomínios que fazem a festa dos turistas europeus em busca de um pouco do calor ibérico. Vélez, Torre del Mar, Torrox, Nerja, Almuñécar e Salobreña, a pérola, antes de se chegar aos conjuntos residenciais de Motril, longe do mar, em direção à serra. Sierra Almijara, prolongação ocidental de Sierra Nevada. A parada malcheirosa de ônibus e o não saber para onde ir, nem saber o que procurar, na Motril de altos edifícios que em nada se aproximava daquela Motril de três ou quatro caminhos, casas pequenas e pobres, uma carroça que levou a menina sonolenta ao porto, onde embarcou no San Antonio rumo ao desconhecido. O porto, moderno, cercado de imensos depósitos de combustível, refinarias, uma fumaça negra no ar. Canaviais na planície costeira, e o distante mar, pantanoso, sem praia. E, pelas ruelas da morta cidade de senhores, casas comerciais, igrejas, conventos, o *Ayuntamiento*, o mercado, um castelo. Imensa cidade moderna, de edifícios altos, comércio ativo. Isso é Motril. Na lista telefônica, três páginas com o mesmo sobrenome. Um Fernández qualquer. Os *Chiquilines?* A memória escarafunchada tirou de suas entranhas uma conversa em que a avó, um dia, contava que, na Espanha, as famílias além de nomes e apelidos, têm sobrenomes. Estes não são daqui do *pueblo*, devem ser da serra, lugares ermos e distantes. Solitários. Esses imigrantes quando iam embora, carregavam o nome do porto de embarque, mas quase todos eram do campo. Um povoado qualquer, três ou quatro casas ao redor de uma fonte. Uma casa de pedra, perdida no campo, no meio da serrania, uma figueira perto da porta, paredes de pedras, talvez. Chão de terra batida, paredes caiadas de branco. Motrí. Isso é Motril. Não é a aldeia de minha avó. Tomei uma dose de Málaga *dulce* num boteco, com um *bocadillo de morcilla*. E nem sequer é a *morcilla* de arroz, feita com sangue de porco ainda quente, que a dona Sol preparava, com bastante banha e erva-doce, *aní*. *Morcilla* assim seca, sangue puro, muita pimenta, um pouco de noz-moscada. Pouco parecida com aquela de dona Soledá, perdida nos meandros da memória.

    Sentado num banco da praça, vendo as crianças brincando, decidi encerrar a visita. De outra vez, num feriado, viria de carro, procuraria, pelos caminhos vicinais da serra, algum *cortijo*, algum *caserío* rural, uma figueira grande perto da porta, casa de pedra, ou de barro, talvez. Pequena, de um só piso, o chão de terra, mas bem pisada, a quadra atrás. A casa de minha avó, onde ela nascera.

    Decidi seguir para Málaga no mesmo dia. Para aproveitar, passei em Salobreña, jóia medieval, com uma linda igreja construída sobre a antiga mesquita, a porta vermelha, lindamente adornada e o castelo, também árabe, no topo, de onde se vê o mar e, ao longe, Motril, mas principalmente a serrania de Almijara, perdida na distância, com seus picos nevados naquele janeiro em que soprava um vento glacial que quase me congelou o rosto. Sentado nos degraus da mesquita-igreja, ao pé da grandiosa porta vermelha, fechada, imaginava as tristes lágrimas de Boabdil ao encaminhar-se para o

Marrocos, abandonando a terra de seus antepassados que nunca mais tornaria a ver. Dava a impressão de que o vento gelado congelaria as lágrimas que escorriam ainda quentes pelo meu rosto. Amargas lágrimas de Salobreña, enquanto olhava ao longe, pela primeira e última vez Motrí, de contorno esfumaçado, terra natal de minha avó Soleá. *¡Ay qué pena!, ¡ay qué pena!, ¡ay qué pena más grande tengo yo!, ¡ay, ay, ay, ay!*, própria flecha da alma, vertical em sua origem, forçada a se transformar em curvas, na paisagem térrea e dura memória da fome, gemia *La niña de los peines*, na Rádio Olé, pelos alto-falantes do ônibus que me levava de volta a Madri, onde vivia naquela época, antes de voltar para cá, minha vida tranqüila de professor de literatura, que tive de abandonar, para poder vir morrer aqui, em minha terra natal, talvez bem antes de minha avó, divagando hoje entre as paredes de uma casa de pedra, talvez, perdida no campo, no meio da serrania, uma figueira perto da porta, paredes caiadas de branco, a quadra no fundo, de onde trazem as ovelhas com as quais ela dorme abraçada, porque faz frio, muito frio, tanto frio que as lágrimas quase que congelam quando descem salobras pelo rosto, e o medo é grande, medo de ficar olhando as sombras das pessoas na parede, com as chamas no fogão. Elas vão e vêm, as sombras, algumas vezes lentamente, outras bem aos saltos. Memória que a Espanha recebe no seu sangue e que a consome. E eu vou e vou e vou e vou e volto, porque se eu for, se eu for, se eu for, hei de voltar. Também é dupla a minha tradição.

71

GUILHERME VASCONCELOS

Pole position

Meu coração não bate com a minha cabeça. Desde pirralhinho eu gosto de viajar dentro dos intestinos da mente, não do coração. Eu olhava a chuva e forçava o cérebro. É um exercício que eu faço, o crânio parece que vai explodir. Eu prendo o ar numa parte do cérebro e concentro o pensamento lá. Daí vem a minha força. Todo mundo me estranhava lá em casa. Até minha mãe me olhava torto. Com o tempo, comecei a provar quem sou eu. E foi só o começo. Eu vou fazer como Ayrton Senna da Silva, que com quatro anos de idade não conseguia nem segurar um sorvete, tinha problema de coordenação motora, até o dia em que ganhou uma baratinha do pai. Saiu pedalando, pedalando, e deu no que deu: uma coleção de vitórias, o melhor piloto do mundo. Antes dele, ninguém respirava, ninguém dormia, ninguém comia corridas.
Eu também gosto de sentir a adrenalina pingar no sangue. Por isso eu batalhei para trabalhar aqui no *roof*. Dezessete andares sobre Londres. Este é um dos poucos prédios altos desta cidade. Eu amo altura. Quando eu fico assim no alto, dá medo, mas o medo aperta os rins e a minha cabeça gosta. Sabe essa lateral do prédio? Eu trabalhei pendurado uma semana, com a britadeira, preso só por um cinto. Eu ganhava a mesma coisa de sempre, mas a adrenalina escorreu solta. Foi aí que eu ganhei o respeito do Jim Gardner. Ele olhava para mim na cantina e ria sem parar.

A maioria dos prédios que tem aqui são baixinhos. Para os lados de lá, tem uns prédios novos, grandões, nos Docklands, onde eram as docas de Londres. Demoliram tudo e agora só tem construção nova, ficção científica. No resto da cidade, só velharia, prédios pequenos. Eu tentei trabalhar nos Docklands, mas foi logo que eu cheguei, eu não sabia quase nada de inglês. Depois, um brasileiro me ensinou a perguntar para o primeiro fulano na porta da obra: *can I talk to the foreman, please?* Aqui tem sempre que falar *please*, para tudo, senão os caras nem respondem. *Foreman* é quem contrata a mão-de-obra, quem diz o que tem de ser feito, quem manda em quase tudo, o *boss*, o mestre da obra. Eu não entendia a resposta, mas sempre alguém apontava para algum lado. Até que chegava num sujeito que não apontava para lugar nenhum. Era o *foreman*. Para ele, tinha que dizer: *I'm looking for a work*. Se ele perguntasse "*what is your trade?*", era só responder "*labour*". *Labour* quer dizer peão. É o mesmo que falar que não sabe fazer nada. Até isso eles pagam bem. Mais ou menos bem. Com as horas extras, de segunda a segunda, dá para tirar duzentos *pounds* por semana. Nesta obra tem até moleque de quinze anos, que se vira sozinho, com casa e comida. No dia em que peão de obra ganhar essa grana no Brasil, a terra vai tremer.

Mesmo com essas dicas, eu tive que dar muita pernada por aí. É que eu não sabia da história dos sapatos. Eu via que olhavam para os meus pés e não entendia o porquê. Até que eu prestei atenção e percebi que todos os peões usam botinas como esta. Eu fui até o Exército da Salvação e comprei um par de botas por uma libra. Na volta eu me perdi. Foi quando eu vim parar aqui. O Jim Gardner me atendeu e disse que não tinha vaga. Quando eu já estava virando de costas, ele falou no radinho e me chamou. Disse que tinha trabalho para uma semana, mas que era um *hard job*. O dia inteiro cortando o forro com a serra elétrica, poeira até na alma. De vez em quando, ele aparecia e me olhava, pensando que eu não ia agüentar. Depois de uma semana, me colocaram pendurado para fora do prédio, britadeira na mão. Tentaram com três, antes de mim, todos pediram penico.

O pior é que eles pensam que eu sou português. Eu inventei essa história, porque ninguém confia em brasileiro. Portugal é uma droga, mas pelo menos é Europa. De vez em quando, passa um inglês de gravata, e o Jim Gardner me elogia: *this portuguese is a*

fucking good worker. Ele sempre dá risada depois. Eu trabalho e os portugueses levam a fama.
　Cada duas palavras que falam aqui, uma é *fuck. For fuck's sake, fuck off, fuck you.* Fora outros palavrões, como *piss off, wanker, puff, suck my dick, kiss my ass.* Nunca vi tanta boca suja. Pior que no Brasil. Depois dizem que aqui é o Primeiro Mundo. Outra coisa – presta atenção no cartaz: capacete obrigatório. Já viu alguém usando? Pois é. No começo eu usava e me gozavam, por isso eu parei. Em terra de cegos, quem tem um olho anda de óculos escuros. Mas eles que tomem cuidado comigo. Eu não sou igual a ninguém. Só dá para me comparar com uma única pessoa: ele, Ayrton Senna da Silva. Aquele capacete eu fazia questão de usar. Sei de cor todas as corridas dele. Não esqueço nada. Em 1984, no Grande Prêmio de Mônaco, ele humilhou. Pilotava uma carroça chamada Toleman, que nem existe mais. Chovia canivete. Ele foi ultrapassando um por um os adversários, até alcançar o líder da prova. Quando ia partir para cima, suspenderam a corrida. Pura roubalheira. E olha que era o primeiro ano dele na Fórmula 1. Já estava escrito.
　Eu guardo tudo dentro de mim. Principalmente as coisas ruins. Quando elas querem ir embora, eu torno a segurar. Eu gosto de curtir fossa. Vou lembrar para sempre do dia em que eu entreguei o poema para a Luciana. Um soneto. Quatro versos, quatro versos, três e três, um rimando com o outro. Nas primeiras letras de cada verso dava para ler: Luciana, Luciana. Caprichei na letra, pus no envelope e levei pessoalmente. Na hora ela não abriu. Eu falei que estava com pressa e fui embora. De noite era a despedida de meio de ano da turma da escola. A gente marcou numa pizzaria. Eu vesti calça preta e camisa preta, uma bota cano longo cinza, com cinto cinza. Por cima de tudo um paletó branco. Minha melhor roupa. Passei o jantar inteiro esperando a Luciana comentar alguma coisa sobre o poema. Na saída, todo mundo ficou batendo papo na porta da pizzaria. Sabe o silêncio, quando passa um anjo? Nessa hora que ela falou assim: *Puxa, Dantas, como você está cafona hoje!* Foi uma gargalhada só. Até eu ri, mas dos dentes pra fora.
　No fundo, foi até bom. Isso me alimenta. As pessoas vão engolir as risadas. E eu vou rir quando a Luciana casar comigo. O poema vai ficar pendurado num quadro, no meio da sala. Ela vai ler em voz alta todos os dias. Mas por enquanto eu não gosto de pensar nisso, porque distrai. Todas as noites, antes de dormir eu pratico a

auto-hipnose. Ainda não estou bom, mas logo vou ter controle absoluto de mim mesmo, aí ninguém me segura. Também não descuido da parte física. Estas vitaminas que eu tomo são fortes pra burro, dá para ver pela urina. Fica escura, que nem Coca-Cola. Toda manhã eu levanto às cinco horas e treino. Abdominal, flexão, levantamento de peso. Depois tomo uma gemada com três ovos. Quebro os ovos no leite quente, bato bem e bebo. Faço uma dieta americana. Em tudo que eu compro, olho a taxa de gordura, só compro o que é *low fat*. Este trabalho, para mim, é um treino a mais. Olha só como eu estou ganhando massa. Não preciso nem tomar aquelas porcarias que esses caras tomam. O Mickey Smith, o gordinho, enche a cara toda noite, come que nem um porco e depois toma anabolizante para ficar forte. Aquilo tudo é inchaço, não vale nada. Por falar nisso, fica ligado se ele não aparece por aí. Quando ele pegava o Castro e eu conversando, vinha sempre com aquele papo: *less talk, more work*. Dava vontade de sentar a pá na cabeça dele. Sempre com o radinho na mão, fingindo que está trabalhando. Aqui na Inglaterra, rádio é mais poderoso que revólver. A polícia não usa arma de fogo, mas tem um mini-rádio na lapela do uniforme. É só apertar, em dois minutos toda a área está cercada. Queria ver policiais desarmados nas favelas do Rio de Janeiro. Ou mesmo em Nova Iorque. Iam beber o sangue deles com canudinho.

Pode prestar atenção: toda esta obra é tocada na base do rádio. Tem três freqüências. O pessoal do pesado fica com uma. Os indianos, que fazem toda a parte de marcenaria, têm outra. E os pintores, todos pretos, ficam com a terceira. Tudo bem divididinho. Tirando os pretos e os indianos, o resto é tudo irlandês, raras exceções, principalmente depois do acidente. Inglês não pega no pesado, nem aqui nem em lugar nenhum. Os irlandeses são como os nordestinos no Brasil. Odeiam os ingleses, mas vêm para cá trabalhar. Pelo menos são brancos, e alguns são gente fina, como o Jim Gardner. Eles formam uma máfia. Os *labours* de radinho são todos irlandeses. Chamam eles de *gang men*. Eu sei que merecia um rádio, mas como não sou da panelinha, já viu. Quando o Jim Gardner deu o rádio para o Mickey Smith, só faltou me pedir desculpas. Ele sabe que eu sou o melhor. Sempre faço mais do que mandam. Eu gosto de trabalhar sob pressão. No banco, lá em Araras, meu apelido era Dedos, o mais rápido do Oeste. Ninguém somava cheques mais rápido que eu. Entrei lá sem nunca ter mexido numa calculadora.

Em quatro meses, já era o mais rápido. É bom trabalhar sob pressão, ver o que tem depois do limite.
Araras. Sabe como é lá em Araras? Uma vez dois caras e uma mulher mataram um taxista para roubar. Só que prenderam eles numa cidade vizinha e, quando os levaram para Araras, o pessoal juntou e trucidou os três. Eu fotografei tudo. Nesse tempo, eu trabalhava com um fotógrafo, só que ele não teve coragem de fotografar. Eu tive. Gosto de ver essas coisas. Gastei um filme e meio. No final, não dava nem para saber se era gente, só se via aquela papa. Precisa ver o estado da mulher. Mas eu não fiz nada com as fotos, senão ia comprometer o pessoal que linchou. É assim que tem de fazer com bandido. Se todo mundo fizesse isso, eu queria só ver se os pilantras iam ter coragem de matar, de roubar. Araras não é qualquer lugar, não. Rádio lá, só FM. Não tem nada dessas músicas sertanejas. Tem uma emissora que toca Jon Bon Jovi direto. É dele a trilha do filme *Top Gun, Ases Indomáveis*. Eu assisti quatro vezes. Só perdeu para "Stallone Cobra", que eu nem sei quantas vezes vi, seis e lá vai pedrada. Araras. O prefeito de Araras é bom. Ele fez um lago artificial na cidade. Construiu dois conjuntos habitacionais, que a gente chama de Teto. Tem o Teto Um e o Teto Dois. Ele foi esperto, pegou toda a gente ruim da cidade e pôs para morar lá. Quer se matar, se mate lá. Quer roubar, roube lá.

Tem de ser assim em toda parte. Por isso eu não liguei de ser interrogado no aeroporto. Os caras fazem isso porque não querem qualquer um no país deles. Mesmo assim, olha só cada bagaço que entra. Inclusive muitos brasileiros. Eles vêm para cá pensando em ganhar dinheiro, mas a maioria não quer saber de trabalhar. Só tem preguiçoso. E pode ver: são os que mais reclamam da sorte. Sorte não existe; o que existe é a vontade. Mas não é para qualquer um. Eu conheci um brasileiro que trabalhava numa obra fora da cidade, um shopping center. O maior da Europa. Demora uma hora para chegar lá, saindo da estação Archway do metrô. Tem uma perua que passa às seis horas da manhã e leva uns peões até a obra. O brasileiro trabalhava lá; quer dizer, trabalhava, não – era uma baita obra grande, ele descolou um canto perdido e dormia o dia inteiro. Demorou quase um mês para os caras pegarem ele dormindo. No *flat* onde eu morei, tinha três ou quatro que faziam faxina numa loja, durante a madrugada. Roubavam de tudo. Limpeza completa. É por isso que eu não digo que sou brasileiro. Eu queria ver esses sujeitos mofarem na cadeia. Pelo menos iam poder escrever para o Brasil e dizer que estavam na Europa. Noutra construção, o pagamento era feito por dia. De manhã, os *labours* faziam fila e davam o nome para o sujeito lá anotar. Todo dia, um brasileiro entrava na fila duas vezes e dava dois nomes diferentes. Os caras nem percebiam; para eles, brasileiro é tudo igual. Só no quarto dia recebendo dobrado é que pegaram. Sabe como esse cara entrou aqui? Trouxe um monte de dinheiro brasileiro, aquelas notas que não valem nada, toda hora troca o nome. O cara trouxe um maço deste tamanho e mostrou para o sujeitinho do Home Office, no aeroporto. Disse que ia comprar os *pounds* aqui. O outro puxou uma tabela, viu quanto era o câmbio do dinheiro brasileiro, se atrapalhou nas contas, viu aquele maço de dinheiro e mandou o cara entrar. Carimbou um visto de seis meses.

Se eu soubesse, não tinha passado tanta humilhação na hora de entrar. Eu saí do Brasil com mil dólares. Passei uma semana na Espanha. Bacana, mas não consegui emprego, só gastava. Depois, passagem de ônibus até Paris, trem até Dieppe, barco até Newhaven, meu dinheiro quase foi embora. Cheguei na Inglaterra com seiscentos dólares. Podia ter ido direto de avião, Madri-Londres. Era mais barato. Mas não valia a pena, porque já tinham me dado o toque de que o controle no aeroporto é muito maior. Desci do barco e fui para a fila da alfândega. A sacanagem já começa lá, tem fila especial para quem é da União Européia, fila para americano, fila para japonês, e uma fila, a maior, para os outros, está escrito bem assim: *others*. Quando eu cheguei no balcão do Home Office e o cara viu o passaporte verdinho, começou a chover pergunta. Se eu já tinha estado na Inglaterra antes, quantos dias ia passar, o que eu vim fazer, se eu conhecia alguém aqui, se tinha passagem de volta, quanto dinheiro eu trouxe... Eu menti até não poder mais, merecia um Oscar. Disse que ia passar dois dias, que era turista e que ia visitar o Museu Britânico, o Big Ben, a Casa de Shakespeare, essas coisas. Só não deu para mentir sobre o dinheiro e a passagem, que eu sabia que o cara ia querer ver. Quando eu disse seiscentos dólares, ele ficou mais sério ainda. E quando eu falei que não tinha passagem de volta, então... O sujeito começou a abrir minhas malas, com educação, mas fuçando tudo. Aos poucos, ele ia repetindo as mesmas perguntas, para ver se eu caía em contradição. Eu respondi tudo direitinho, com o maior sangue-frio. Foi então que veio o grande teste. Ele me colocou numa sala, me mandou sentar, ofereceu chá e saiu. Do meu lado estava um argelino, todo sujo, nojento, largado no sofá. Puxou papo comigo e disse que estava sendo deportado. Falou que em Londres era fácil arrumar emprego e perguntou em que eu queria trabalhar. Eu nem ia responder, quando notei o espelho bem no meio da sala e me veio a luz. Tive a certeza de que o inglês estava do outro lado, me espiando e de que o argelino fazia parte da armadilha. Vai ver nem argelino era. Com muita calma, eu disse que estava de férias, nem pensar em trabalho e que ainda por cima tinha compromisso no Brasil dali a duas semanas. Não deu cinco minutos e o inglês apareceu com o meu passaporte na mão, carimbadinho da silva. "Eu espero que você não vá trabalhar", disse ele. Fiquei até com dó do cara. Inglês é muito ingênuo.

Meu primeiro trabalho foi na cozinha de um hotel, lavando pratos. Foi quando eu inventei que era português. Na ficha que me deram para preencher estava: *escola onde estudou?* Eu não tive dúvidas, lembrei do ginásio e taquei: Escola Naval de Sagres. Nem sei se ainda existe. O emprego era moleza, mas o salário era uma mixaria, 75 *pounds* por semana. É bom esse negócio de receber por semana, em todo lugar deveria ser assim. A vantagem no hotel é que eu comia lá mesmo, de graça. Mas não era para mim. *No way.* Eu gosto de ação. Você deu sorte de conseguir essa boca. Não é sempre que tem uma jornada como essa. Vinte e quatro horas seguidas, valendo seis dias de pagamento. Cento e quarenta e quatro *pounds* diretinho para o banco. O erro foi você ter dito que era brasileiro; não devia. Mas, quem sabe, se você trabalhar direito, eles deixam ficar mais uns dias. O bom dessa obra é que é uma reforma, por isso tem bastante entulho para carregar. *Labour* é burro de carga. Encher sacos com pedras e carregar no lombo até a rua. Isso não é tarefa de gente. Mas, pensa bem, tem quem pague academia para fazer ginástica.

Fiz de tudo aqui dentro: serrei as tubulações de ar-condicionado, arranquei o forro antigo, derrubei parede, detonei o piso, lavei os porões. Durante três meses trabalhei no *night shift*, o turno da noite, das sete às sete, sete dias por semana. O salário quase dobrou, 320 *pounds* por semana. Era uma turma de seis, mais o Scunny, um sujeito muito estranho. Eu era o único não irlandês. O trabalho era tirar do prédio todo o entulho que acumulava durante o dia. A gente enchia dois caminhões por noite, debaixo de chuva, temperatura de seis graus. Gelava até os ossos, mas eu não ligava. Por mim, podia durar um ano. Foi quando eu ganhei mais dinheiro, não dava nem tempo de gastar. Ia para casa a pé, para economizar metrô. Tomava banho, comia, dormia. Pronto, já eram três, quatro horas da tarde. Lavava a cara, comprava comida no supermercado, treinava um pouco, hora de vir para cá. Foi uma das melhores épocas da minha vida. Eu sempre vou lembrar desse lugar. Eles destruíram tudo no prédio, só ficou a carcaça. Praticamente fizeram outro dentro da estrutura. Mas a obra está muito atrasada. Os sujeitos que estão pagando a reforma vão fazer inspeção amanhã, por isso essa pressa toda. Contrataram mais de trinta *labours* para trabalhar nesta madrugada. Mas não adianta, vai ser só maquiagem, ainda tem muita coisa para fazer. Você vai ver a cara dos gravatinhas amanhã, todos com telefone celular na mão. Eles vão cuspir fogo. Sabe quanto vai custar cada andar neste edifício? Um milhão de *pounds*!

Um dia eu vou ter muito mais que isso. Muito mais. Por enquanto, tenho seis mil *pounds* no banco. Estou juntando desde que entrei nesta obra, em novembro. É só contar: novembro, dezembro, janeiro, fevereiro, março, abril, maio, junho, julho, agosto. Dez meses, seis mil *pounds*. Quando eu tiver dez mil *pounds*, vou voltar para o Brasil. Acho que até o fim do ano dá para juntar. Com esse dinheiro, eu vou me dar bem, lá é fácil ficar rico, é só ter algum para começar. E eu não me contento com pouco. Quero chegar no topo. Daí eu vou reencontrar um por um os caras que atravessaram a minha pista. O primeiro vai ser o ex-namorado da Luciana. Ele foi quem mais riu quando ela falou aquilo.

O idiota que cuida da cantina, um careca, Joe é o nome dele, é outro. Espalhou que eu comia resto de comida. Só porque uma vez ele me ofereceu um pedaço de pão velho. Eu peguei e depois joguei fora. Daí ele foi falar para os outros que eu comia resto. Mas eu vou me vingar desse infeliz. Vou voltar para Londres só para estragar a vida dele e depois vou dizer: "Lembra de mim?" Vou fazer ele comer resto, você vai ver. Eu nunca comi naquela cantina nojenta, só entrava lá de vez em quando para pegar jornal. O pessoal compra jornal, lê e depois larga. Eu pego. Vê lá se eu vou gastar vinte *pence* para comprar uma droga de jornal que só tem mulher pelada e idiotice. Esses são os jornais que os caras lêem. E a comida, então? Inglês não sabe comer. Você já viu o que eles comem na cantina? Ovo frito, aquele feijão branco nojento com *ketchup*, que eu não sei como eles conseguem engolir, *bacon,* que eles chamam de *bacon,* mas que parece uma fatia de presunto cheia de gordura, e aquelas salsichas cinzentas horrorosas. Por isso é que eles ficam podres por dentro. Cada um é o que come. Com o tempo, você vai ver cada figura que tem aqui. Parece hospício. Começa com o preto que pilotava o elevador, o Sam. Estava sempre todo sujo, rasgado, empoeirado, mas não tirava a gravata. Tratava o elevador como se fosse dele, gritava com todo mundo, menos com os figurões. Agora, que desmontaram o elevador de serviço, puseram ele na cantina, lavando canecas. O preto só falta chorar. Preto só reclama da vida – quem mandou ser preto? Outro doente é o Mickey Mahooney, que cuida do almoxarifado. Está sempre bêbado. Aliás, irlandês só serve para isso: encher a cara e jogar baralho. O Tosh é um cara mais ou menos legal, disse que esteve na Legião Estrangeira. Pode ser invenção, pode ser verdade. O mais esquisito é o Scunny. Tem horas que ele treme e começa a babar. Trabalha que nem um condenado, por isso não mandam embora. Ouvi falar que ele é veado, mas não dá para saber. Os veados aqui são tímidos, não são como os brasileiros. No Natal, fizeram uma festa na cantina e telefonaram para uma puta. Ela veio toda de preto, com chicote na mão. Começaram a mexer com o Scunny, e você não sabe o que ele fez. Tirou a roupa, fez *strip tease* junto com a puta. A obra quase veio abaixo. Mas não era de brincadeira, não, ele pirou. Foi ele quem me chamou para o *night shift.* Estava assim de neguinho querendo. Era inverno, e eu sempre trabalhava sem casaco, só de camiseta. O Scunny toda hora passava e perguntava se eu não sentia frio. Eu nunca sinto frio. Quando era moleque, gostava de dormir com a janela aberta, só de lençol, em pleno inverno. Está certo que era inverno brasileiro, mas mesmo aqui eu só tomo banho gelado. Uma vez, um indiano passou por mim e disse que eu não usava blusa para parecer que trabalhava duro. Nem respondi, era pura inveja, porque eu já estava escalado para o *night shift.* Por isso eu não tenho nada contra o Scunny, desde que ele não seja veado. Eu não falo com bicha. Se eu saco que o cara é veado, eu nem tenho contato. Lá no Brasil, o único bicha com quem eu falava era o meu barbeiro. Eu sei que não sou bonito. Bonito, lá em casa, só o meu irmão, minha mãe sempre diz. Eu não ligo, mas tem uma coisa: cabelo. Para mim, cabelo é a coisa mais importante. Por isso eu cortava com esse bicha. Era bicha, mas só ele cortava o meu cabelo do jeito que eu gosto.

O mundo está perdido. A Bíblia fala, é Sodoma e Gomorra. Ontem eu vi um negócio no jornal que me fez passar mal. Duas lésbicas casando, na primeira página do jornal. Uma de terninho e a outra de branco, vestida de noiva. Eu até recortei e pendurei na parede do quarto. Aquilo me estragou o dia. Lésbica e bicha são como células de câncer. Se tem uma coisa que eu quero fazer, é pegar uma arma e sair matando bicha e sapatão. Era só ter certeza de que ninguém ia me ver. Pegava uma arma e matava. Via dois veados, pá, dois sapatões, pá, pá. Ainda bem que a AIDS está fazendo uma limpeza, matando tudo o que é veado e viciado. Só está faltando uma AIDS para sapatão. Mas escreve o que eu digo: logo vai aparecer. Quando as lésbicas começarem a morrer podres, cheias de doenças, você vai lembrar e dizer: "Bem que o Dantas falou."

Não, eu não fumo. Você acendendo esse cigarro me lembra a Luciana. Os olhos dela parecem dois fósforos acesos. Dá até um frio na barriga quando ela me encara. Eu não fumo, não bebo, não tenho tempo para nenhum vício. Minha rotina é sempre a mesma. Faz seis meses que eu trabalho direto, todos os dias, sem nenhuma folga. Aqui em Londres, a vida diária, a vida semanal, a vida mensal, é tudo igual. Mas eu cuido um pouquinho da parte cultural também, só para não dizer que não. Sempre converso com os caras de uma igreja perto de casa. Todos os dias eles tentam me convencer. Eu escuto, mas só para praticar o inglês. No mês passado, dispensaram a gente um pouco mais cedo no domingo. Deu tempo de visitar o Museu de Cera da Madame Tussaud. Não é lá essas coisas. Muito do que a gente ouve de Londres é só fama. Por exemplo, as ruas são sujas. Em toda lata de lixo está escrito que tem multa para quem jogar lixo no chão. Sempre tem lixo no chão. E não são só os imigrantes; eu já vi muito inglês fazendo questão de jogar papel fora do cesto. Aqui também tem inflação, estou cansado de ver os preços subirem. Desde que eu estou aqui, o metrô já aumentou duas vezes. Aliás, no metrô eu vi uma coisa que deu vontade de rir. Dois baldes, cheios de areia, escrito assim: "Para uso em caso de incêndio". Essa é a famosa tecnologia de Primeiro Mundo. Os bares fecham pontualmente às onze da noite e os bêbados vão todos para casa, como se fossem crianças que os pais mandaram para a cama. O povo inglês é mais bovino que o brasileiro. Lá ninguém tem educação, nem come direito, por isso fazem tudo o que mandam. Aqui eles obedecem porque querem, por hábito, porque são trouxas. E as mulheres, então? Ainda não vi uma inglesa bonita. São todas gordas de canelas finas. A Inglaterra já deu o que tinha que dar, acabou. Nas ruas têm cartazes anunciando clínicas de aborto. Em qualquer banheiro se vendem camisinhas, até com fragrância de menta. Eu nunca uso banheiro público, mas às vezes não tem jeito. Nos banheiros deste prédio está cheio de porcaria escrita, um xingando o outro. Os irlandeses dizendo que os ingleses são estupradores de crianças. Os ingleses mandando os irlandeses embora. Se bem que esse tipo de coisa também tem no Brasil. Acho que no mundo todo. Não sei o que acontece em banheiro, que o cara fica com vontade de escrever besteira. No Brasil, tem muita veadagem, bicha marcando encontro, piadinha idiota.

Só bato palmas para os horários aqui na obra. Começa às oito da manhã. Às dez, o primeiro *break*. Segundo *break*, uma da tarde. Encerra às quatro e meia, para quem não faz *overtime*, como eu. Às vezes, vou direto até as dez da noite. Eu gosto que o primeiro *break* não demore para acontecer. Sempre vou até o mercado e compro uma maçã. A minha dieta proíbe comer pão, e eu adoro pão. Lá em Araras, eu enchia o bucho de pão, aquele pão quentinho. Agora já faz três meses que não como pão. Daqui a pouco vou parar de sonhar com a Luciana e começar a sonhar com pão.

Comida quente eu nunca como fora. Como é que eu vou saber se não foi um preto que preparou? Lá no estúdio fotográfico onde eu trabalhava, meu apelido era Garganta Inflamada, porque sempre que eles me ofereciam alguma comida eu dizia que não podia porque estava com a garganta inflamada. Cada um é o que come. Onde eu morava até um tempo atrás dava nojo. Quando chegava em casa e via aquela porcaria que os argelinos comem, quase vomitava. Era uma fumaceira só, a casa toda ficava cheirando a gordura, eu nem abria a porta do quarto. Por isso, eu aluguei um quartinho só para mim. Não dava mais para morar com aquele povo, principalmente depois do que aconteceu.

Meu sonho é morar num *squat*. São uns apartamentos vazios que os caras invadem e ficam morando de graça. Tem até telefone. Mas eu queria um só para mim. Detesto morar com estranhos. No começo, eu morei com brasileiros, em Bayswater. Lá só dá indiano e brasileiro. Fui morar no porão de um prédio. Tinha uns dez caras morando no muquifo. Todo dia sumia coisa. Sem falar que sempre tinha alguém fumando haxixe. Quase todos eram mineiros ou nordestinos. Tem nordestino que é como preto. Eu não conversava com ninguém, só com um baixinho do *flat* do lado, que, apesar de cearense, parecia um sujeito legal. Uma vez, o Castro contou que pensava que eu fosse nordestino, por causa do meu sotaque. Disse que eu tinha aquele jeito baiano de falar. Ele não sabia que isso para mim é ofensa, e eu percebi que ele não falou por mal. Mas pelo menos para uma coisa serviu: eu parei de falar com o cearense. Vai ver eu estava pegando o sotaque dele sem perceber. A gente fica tanto tempo sem falar português!

Olha só quantos aviões. Um, dois, três, quatro, cinco. O céu de Londres é do avião, a máquina mais bonita que o homem já inventou. Quando eu chegar no topo, vou tirar brevê e ter um avião só meu. Um HS 125-800, British Aerospace, e atravessar o oceano Atlântico sem escalas, igualzinho Ayrton Senna da Silva. Ele diz que pilotar avião não tem graça, porque não existem curvas e não é preciso frear na hora exata. Só ele mesmo!

O Castro é que gostava de ficar olhando os aviões. Sempre punham ele na faxina. Ele se apoiava na vassoura, encostava o pezão na parede e só faltava dormir. O nome verdadeiro era Gilberto. Imagina só: vinte e quatro anos e virgem. Nunca viu mulher nua na frente. Filho de pedreiro. Veio para cá junto com o irmão. Depois mandaram buscar o pai, mas o cara voltou do aeroporto. Deve ter falado um monte de bobagem e não deixaram ele entrar. O Castro sempre dizia que, se um dia ficasse rico, ia ter uma secretária só de calcinha e sutiã. Eu capotava de rir. Por que não pelada? Ele não sabia nem assobiar o Hino Nacional, mas vivia cantando uma música da Xuxa que fala do abecedário inteiro. A de amor, B de baixinho, C de coração, D de docinho, isso ele sabia de trás para a frente. Até eu decorei, de tanto que ele cantava. Uma vez pegaram o Castro no metrô sem o bilhete. Foi a julgamento e abriu a boca, chorou que nem bebê. Mas foi só pagar a multa que o dispensaram. Não sei como não foi deportado. É uma pessoa que eu faço questão de ajudar. Quando eu chegar onde quero, vou encontrar o Castro, e ele vai passar de pato a ganso. Vou dar emprego, casa, mulher, tudo o que ele precisar. Ele tem bom coração. É tão ingênuo, que às vezes parece meio retardado. Emprestou vinte *pounds* para um irlandês. Nem precisa dizer que o cara sumiu. O Castro ficou chateado, mas não ficou com raiva. Disse que, se o outro fez isso, é porque precisava. É por essas e outras que ele não vai para a frente. Se todo mundo fosse como ele, o mundo não ia sair do lugar, mas também não ia ter pecado. Só o Castro para me fazer rir nesta cidade. Se bem que em Araras eu tinha fama de engraçado. Lá, todo mundo que me conhece já ouviu falar das famosas gozações do Dantas. Eu não perdôo. Bobeou, eu já faço uma piada. Quando quero, faço rirem as pedras. Mas eu não gosto de brincar com quem eu desprezo. Só com as meninas e com os meus amigos. Amigos, modo de dizer, os caras com quem eu falava mais. Eu gostava mesmo era de brincar com as meninas. A Zezé e a Madonna morriam de rir. A gente chamava de Madonna porque ela tingiu o cabelo. Fez de tudo para namorar comigo. Mulher gosta de cara divertido. É por isso que eu digo que ninguém me conhece. Eles me viam rir, mas não sabiam que eu não gosto de achar graça nas coisas. Isso desvia a atenção. O cara fica rindo e esquece de fazer. Eu vou gostar de rir mais tarde. Quando chegar no topo, vou rir até cansar. Depois dos quarenta anos, só vou curtir. Barcos, carros, viagens, tudo. Mas, enquanto isso, eu não posso esquecer. Vou dar a volta por cima. Juntar grana, treinar. Na hora de ir embora, eu vou gastar uns quinhentos *pounds* em roupas, cortar o cabelo no melhor barbeiro que tiver aqui, talvez compre um relógio Tag Heuer. Ninguém vai me reconhecer. Cheio da grana. Dinheiro na minha mão cresce. Por enquanto, são onze mil *pounds*. Logo vou trocar por dólar. Estou só esperando a guerra começar, que aí o dólar baixa. Todo mundo sabe que, qualquer hora dessas, os Estados Unidos vão tirar o Kuwait do Saddam Hussein. Eu não sei por que não foram ainda. Se bem que o Saddam Hussein não é bobo, não. Ele conseguiu se projetar. Mas o país não ajuda, é muito atrasado. Fala a verdade, quando é que você ouviu falar tanto do Iraque? Ele é esperto, assim como o Hitler, mas a hora não é a dele. Nasceu na época errada. Pelo menos o Hitler teve chances com aquele bando de alemães. Já o Saddam Hussein só tem fanáticos. Eles são doentes do corpo e da cabeça. Lembra a profecia: a Terceira Guerra Mundial virá de um país de turbantes. Pega, por exemplo, os argelinos. Raça pior não tem. É pior que preto. Os argelinos são muçulmanos. Alá! Alá! O negócio deles é Alá. Um monte de vezes ao dia, eles agacham e rezam. Uma vez, na outra casa em que eu morava, peguei um deles rezando na porta do meu quarto. Quase quebro a cara dele. Ele sentiu que eu ia meter o pé e saiu correndo. Aquilo não é reza, parece macumba. Do jeito que os caras lá da casa não gostavam de mim, eu não duvido nada.

Meu cunhado é rico pra chuchu. Nas empresas dele não tem nenhum preto trabalhando. Ele detesta preto. Mas isso porque ele não conheceu argelino. O Brasil não tem disso, mas em compensação está cheio de preto e nordestino. Meu cunhado tem dois filhos. Dois meninos. Quando o mais velho era pequeno, ficava assistindo Chacrinha e falava, olhando para as chacretes peladonas: "Ô bicho bom!" Cinco anos, já imaginou? Outra vez, o menino bateu num pretinho. Meu cunhado só faltou beijar o moleque de alegria, precisa ver o orgulho dele. Tem gente que não gosta que eu fale assim. Já me chamaram de racista. Mas, fala a verdade, quem não é racista?

Eu acredito numa raça de superdotados. Você acha que Ayrton Senna da Silva é o quê? Um dia nós ainda vamos nos encontrar e ele vai me reconhecer. Você vai ficar sabendo. Mas fica ligado, porque eu vou estar muito diferente. Dentro de um ano, vou ter que fazer uma operação. Uma cirurgia no maxilar. Meu queixo é muito para a frente. O médico vai serrar o excesso e colocar dois pinos. Vai mudar toda a minha fisionomia. Por estética eu não faria, mas atrapalha a minha respiração, eu chupo o ar pela boca. Quero só ver o que a Luciana vai pensar. Eu sei que ela nunca me achou bonito, mas não é só disso que as mulheres gostam. Precisa ver o soneto que eu fiz brincando com o nome dela. Era assim, como era mesmo? Pena que eu não guardei cópia. Mas tenho certeza de que ela guardou bem guardado. Acho que ela guardou. Outro dia mandei dinheiro para um conhecido meu e pedi que ele comprasse dez buquês de flores para ela. Mandei um cartão junto. Escrevi bem assim: "Espero que o seu namorado não fique chateado." Era exatamente isso que eu queria, e também que ela sempre se lembre um pouquinho de mim. Até o dia em que eu voltar, diferente, cheio da grana, forte. E isso é só o começo. Quando eu estiver podre de rico, ela vai ficar caidinha por mim. Só não precisa gostar do chulé. Eu tenho um chulé de matar. Minha mãe não liga, ela é a única que tem coragem de lavar minhas meias, além de mim. Mas, também, mãe gosta de tudo no filho, até do chulé. Uma vez, eu fui transar com uma menina e na hora de tirar os sapatos lembrei: o chulé! Corri no banheiro e lavei os pés. Mas foi uma droga. Toda vez que faço sexo, eu só penso na Luciana. Mesmo assim, eu não sei se caso com ela, mesmo que ela queira. O amor também distrai. Assim, sozinho, sei que chego muito mais longe. Em todo caso, se o meu plano para conquistar a Luciana não funcionar, eu aplico o plano B.

Mas este eu não posso revelar. Só adianto que, no fim, eu vou fazer como o Napoleão. Ele chegou aonde chegou e depois de tudo foi enterrado num túmulo bem baixo, com as letras bem pequenas. Todo mundo que vai lá é obrigado a se curvar. Mesmo depois de morto. Comigo, vai ser assim. Eu consigo tudo o que eu quero. Se o argelino tivesse pensado um pouco, nada tinha acontecido. Foi quando o Mickey Smith teve que viajar para Irlanda e o Jim Gardner me deu o rádio por uma semana. Eu mandava numa turma de quatro argelinos. Fiz os caras trabalharem tudo o que não estavam acostumados. Pareciam pangarés de roça. Um deles tentou me peitar. Eu mandei ele carregar uns entulhos e ele disse que não. Falei que ia demitir o cara. Ele ficou vermelho e puxou uma faquinha ridícula, dei risada. Empurrei o argelino em cima dos entulhos e ele se arranhou todo, mas não chegou a se machucar. Nessa hora, apareceu o Jim Gardner. Perguntou o que estava acontecendo e o argelino respondeu que tinha escorregado. No dia seguinte, o cara mandou um outro avisar que ia me matar. Sabe o que eu fiz? Nada. Nem me incomodei, só esperei o tempo passar.

Tenho muita paciência. Sei que vou conseguir tudo o que eu quero. Eu sou predestinado. Um dos meus sonhos é conhecer o Pantanal. Ter uma baita fazenda lá. Do tamanho da Holanda, como muitas que existem por ali. Vai ter todas as espécies de bicho que você pode imaginar. Eu adoro animais. Sou capaz de qualquer coisa por eles. Meu cachorro, o Freud, uma vez ficou doente, quase morreu. O veterinário receitou um remédio que tinha que tomar a cada dez minutos, durante três dias. Eu fiquei sem dormir durante todo esse tempo, assistindo televisão. No intervalo, sempre dava o remédio na boca do Freud. Ele ficou bom. Eu faço muita força para manter o coração peludo, mas às vezes dá vontade de esquecer tudo. Meu pai, por exemplo. O que ele fez com a minha mãe não se faz. Largou a mulher com dois filhos, nunca deu um tostão. A culpa é do sangue ruim, a mãe dele é escurinha, a família é da Paraíba, ele foi pequeno para São Paulo. Muitas vezes eu tenho dó, mas lembro da minha mãe e por isso não procuro. O ser humano é muito ingrato. Prefiro os animais. O Freud sentia meu cheiro da esquina. Depois da doença, ele ficou ainda mais meu amigo, me lambia o dia inteiro. Morreu atropelado dois meses depois. O cara não teve culpa, mas eu não quis nem saber. Só não toquei fogo no carro porque o sujeito era de fora e nunca mais apareceu. Mas um dia a gente se encontra. Eu sei esperar. Quando o Mickey Smith voltou, me chamou de canto e disse que ia ter que mandar embora um monte de gente. Pediu que eu escolhesse alguns. Você pensa que eu escolhi o argelino da faquinha? Nada disso, mandei embora todos os amigos dele, ele ficou. Às vezes, a gente trabalhava só, os dois, sozinhos, aqui no *roof.* Eu nem aí. Mas por dentro ligadão. Um dia fui passar piche na beiradinha da sacada. Deixei ele chegar perto, pé ante pé, prendendo a respiração. Quando ele ia dar o bote, eu o derrubei, o bicho voou dezessete andares. Até hoje escuto o barulhinho dele batendo no chão. Desci correndo pelos fundos, dei a volta no prédio e fui para perto do banheiro. Sabia que o Castro estava trabalhando lá embaixo e que ia ser o primeiro a confirmar que eu estava com ele. Em dois minutos, sumiram com o argelino. Foi o maior burburinho, todos os clandestinos se picaram, com medo de que aparecesse polícia, essas coisas. Até o Castro sumiu, nunca mais eu vi. Você acha? Deu um dia, uma semana, um mês, e nada. Não apareceu ninguém. Se passam pente-fino nesta obra, quem vai terminar o prédio? Os ingleses? É para isso mesmo que eles deixam entrar imigrantes. Quem se importa com argelinos? Muito mais importantes são os prédios, os hotéis, os restaurantes. Olha só quanta luzinha, milhões de pessoas do mundo todo. E eu aqui, acima de tudo. E vou subir ainda mais. Subir, subir, subir até chegar no topo. Fazer o melhor tempo. Largar na frente. Ser o melhor do mundo. Como ele, Ayrton Senna da Silva.

JOSÉ PAULO DE ARAÚJO

XRM-2600

— Pois bem, senhor Vla...
— Vladomir.
— Muito bem, senhor Vladomir. Esta será sua mesa de trabalho de agora em diante. O senhor trabalhará juntamente com o senhor Felipe. Aquele ali. Felipe, por favor!
— Bom dia, seu Mathias.
— Bom dia. Felipe, este é o senhor Vlademir...
— Vladomir.
— Prazer.
— Prazer.
— Senhor Vladomir vai trabalhar junto ao seu setor. Ele é estrangeiro. É refugiado da guerra do país dele. Uma coisa terrível. Mas ele fala muito bem o nosso idioma. Não é, senhor Vladomir?
— Sim. Eu estudei línguas românicas.
— Muito interessante, não é, Felipe?
— É... muito.
— Mas, como eu ia dizendo, Felipe... O Vladomir vai cuidar da papelada que vem do setor de documentação para ser microfilmada. Ele parece ser muito bom no serviço de seleção e organização. Isso é uma característica dos povos europeus. São todos capazes de desenvolver modelos de organização precisos e eficientes. Não é por nada que eles se tornaram tão ricos e cultos.

89

Felipe escutava aquilo tudo com um interesse tão grande, que Vladomir não custou a perceber uma ligeira encenação. Enquanto Mathias falava, Vladomir olhava ao redor. Era um escritório comum. Era um bom e velho escritório.

Felipe ouvia a conversa de seu Mathias e sempre deixava que ele provasse mais uma vez que os nativos não passavam de um bando de preguiçosos, que nada deviam aos silvícolas que cá se encontravam antes do Descobrimento e blablablá. Enquanto ouvia e tentava forçar algum interesse, aproveitava para olhar aquela criatura estranha. Ele não parecia estrangeiro. Fora a cor pálida – cor de macarrão sem molho, como dizia sua mulher – era um homem comum. Gordinho, baixinho, olhos pretos, cabelo escorrido e parecendo sujo. Tinha que ser sujeira, afinal gringo não toma banho mesmo. Fora isso, para Felipe parecia um pé-de-cana comum. Desses que se encontram em qualquer boteco.

— Espero que você ensine ao senhor Vladomir a rotina do escritório. Ele certamente aprenderá rápido. Pois bem, senhor Vladomir. Deixo-o agora com seus afazeres. Quaisquer perguntas serão respondidas pelo seu companheiro de trabalho. Não deixe também de passar no Departamento de Pessoal, a fim de se informar sobre os exames e a papelada.

— Sim, senhor.

— Bom dia de trabalho, senhores.

O "obrigado" foi uníssono.

Logo que seu Mathias saiu da sala, Felipe observou o Vladomir mais detalhadamente. Enquanto observava, ele ia dando as explicações sobre o serviço.

— Aquela ali é a sua mesa. Aqui a gente recebe a papelada que já tramitou. Ela ia ocupar muito lugar no arquivo, por isso vem para cá e é cadastrada no sistema. Nós, aqui... o senhor está entendendo?

— Sim.

Felipe não sabia se devia falar mais alto ou mais devagar. Chegou mais perto, para não precisar gritar. Ao que ele andou, Vladomir afastou-se um pouco para trás. Felipe achou que Vladomir ia se sentar e continuou avançando lentamente enquanto falava.

— ...e nós trabalhamos com o sistema XRM-2600, que já está um pouco... um pouco, não! Está muito ultrapassado. Mas é com ele mesmo que a gente se vira.

Vladomir já havia chegado no limite de sua trajetória: a mesa.

Esbarrou as costas na quina e ficou sem graça. Imaginou que seria melhor sentar-se. Afinal, era sua mesa. Sentou-se rapidamente.
— Eu não sou muito bom para explicar as coisas com muita teoria. Vamos ver um exemplo, só para você... posso te chamar de você?
— Pode.
— Tá bom. Meu nome é Felipe.
— Vladomir.
— Prazer. Mas... olha, este é o terminal do sistema. É nele que a gente cadastra a papelada. Vamos lá. Você vai precisar de uma senha. Espera um pouco. Pronto. Escreve aí alguma seqüência de letras e números. Agora, tem que ser uma que você vai poder lembrar depois.... Já escreveu?
— Já.
— Agora escreve outra vez e aperta a tecla...
— *Enter.*
— Isso mesmo. É assim que você escolhe e modifica sua senha no sistema.

Vladomir estava se sentindo meio idiota. É claro que ele sabia o que era uma senha e já havia cadastrado uma antes. Será que aquele homem achava que ele era algum ignorante? Será que pensava que ele nunca havia visto um computador antes?

— Agora, toda vez que você começar o trabalho, vai precisar escrever a senha.

Felipe esperava que o gringo tivesse entendido tudo. Se fizesse besteira, era dele a responsabilidade. Se o gringo fizesse tudo direito e aprendesse rápido, ele ia conseguir chamar a atenção do seu Mathias. Isso podia até valer uma promoção.

— Vamos pegar aquele projeto ali, que chegou ainda há pouco. Ele veio pra cá porque já foi aprovado e executado... Agora ele virou só papel, mas não pode ser jogado no lixo...

Enquanto Felipe falava, Vladomir já estava tamborilando nervosamente no teclado do terminal. Já havia visto o número do projeto na primeira folha e certamente bastava digitar o número no campo da tela que dizia "Número do Documento Terminado".

— ...bom, então existe o programa XRM-...
— Dois mil e seiscentos.
— É. Isso! É nele que a gente cadastra os números dos documentos. O programa tem uma tela só. É bem fácil de usar. A tela é essa aí que está no monitor. Então, depois de digitar a senha, é

essa a tela que aparece. Aí, é só pegar o documento e ver o número da primeira página. É só escrever o número no campo de cima, que diz "Número do Documento..."
— "Terminado".
— Isso. Você está indo bem. Já conhecia o XRM-2600?
— Não.
Felipe começou a achar que talvez o seu Mathias tivesse alguma razão. O estrangeiro é mais rápido mesmo. Vai ver é a alimentação. Eles comem muito mais lá na terra deles. A cada segundo, sua felicidade aumentava. Era uma sensação boa, a de ser responsável pelo trabalho de alguém novo na empresa. E ainda tinha a idade. O Vladomir era bem mais velho que ele. Felipe de repente se deu conta de que até então sua carreira parecia estagnada. Doze anos de empresa e sempre na mesma função. Bem que ele nunca teve uma repreensão, mas já era hora de ser promovido. O gringo podia ser o tal homem velho que a cigana viu na bola e que, segundo ela, traria grandes mudanças em sua vida.

— Agora é só avançar o campo até a opção "Confirma". Se você errar o número, ainda pode corrigir. É só selecionar "Não confirma", que o programa volta pro campo de cima. Você digita o número outra vez e confirma. Entendeu?

— Sim.

Felipe começou a achar o gringo muito calado. Ou ele tinha mesmo entendido tudo, ou só balançou a cabeça para não se fazer de estúpido. Resolveu fazer um teste, pois era muito arriscado deixar sua promoção nas mãos de um novato. Nesse momento, um calafrio correu a espinha de Felipe: será que o gringo não veio para tomar seu lugar? Afinal, o chefe gostava mais de gringo mesmo. E, se a promoção não veio em doze anos, não ia chegar agora, ainda mais com alguém mais inteligente para ocupar o lugar dele. É claro que o gringo já conhecia o XRM-2600. Vai ver ele mesmo tinha criado o programa e era especialista na área de programação. Com certeza, veio do país dele a peso de ouro só para instalar um programa mais complicado. E, se só ele soubesse usar o programa, estaria com o emprego garantido. Felipe viu a chance de uma promoção dissolver-se no ar. Um aperto no estômago o fez puxar uma cadeira para sentar ao lado de Vladomir. Queria mais informações sobre o gringo, mas era bom ir com tato.

Vladomir em um segundo percebeu um certo desespero no

olhar do colega. Seria impressão ou ele fez mesmo um esgar de dor? Estaria bem? Não perguntou, pois podia ser apenas um cacoete. Deixou que ele sentasse ao seu lado. Certamente tentaria explicar em detalhes o funcionamento do processo de microfilmagem.
— Você é de onde, no exterior?
— Da Vrasláquia.
— Nunca ouvi falar.
— É uma pequena república da Europa.
— Ah... E você fez o quê, para ser expulso de lá?
— Eu não fui expulso. Eu fugi da guerra.
— Ah, é. O seu Mathias disse. Você é refugiado de guerra. Vai ficar aqui muito tempo?
— Não sei. Meu país é lá.
— Aqui é muito bom. Não tem guerra, não tem terremoto, mas o povinho... ha-ha-ha-ha-ha-ha...
Vladomir não entendeu a graça da piada, mas sorriu.
— E você é casado?
— Sou.
— Eu também. Como é o nome da sua esposa?
— Irina.
— Nome bonito. Tem filho?
— Não.
— Eu tenho dois. Filho faz bem. Faz o homem ficar mais novo. Fica até mais homem. Prende a mulher, também. Quantos anos tem a...
— Irina tem 25.
Felipe começou desconfiar da diferença de idade. A tal só devia estar com o velho porque ele ganhava bem. Além disso, ele a tirou da guerra. Vai ver, até se entregou sabendo que ele ia fugir pro exterior com um salário milionário.
— Ela faz o quê?
— Ela é estecista.
— Estecista? Vai ser difícil arrumar emprego pra ela aqui. O que é que ela faz?
— Ela faz maquiagem, limpeza pele e cabelo.
— Ah... Esteticista. Ela é ES-TE-TI-CIS-TA.
— Es-te-ti-cis-ta.
Felipe começou a achar que o gringo não falava sua língua tão bem quanto seu Mathias pensava. Não sabia dizer as palavras direito e ainda tinha um sotaque carregado.

— E onde você aprendeu a falar tão bem a nossa língua?
— Na faculdade.
— Ele tinha feito faculdade! Isso ia pesar na hora da promoção. Felipe começou a se arrepender de ter se acomodado tanto tempo. Podia ter feito pelo menos um cursinho de digitação, mas sempre quis acreditar que o emprego estava garantido. E a ameaça estava lá nos confins da Europa. Estava lá o tempo todo, esperando o momento de atacar. Ficou com medo de perguntar mais. Tinha medo de que o gringo dissesse que era o responsável pelo XRM-2600 e que ia mudar tudo dali em diante. Era uma questão de tempo, mas ainda era cedo para saber a verdade. Um novo aperto no estômago obrigou Felipe a sair da sala por alguns minutos.

Vladomir ficou atônito com a saída repentina do colega. Talvez tivesse se lembrado de dar um telefonema. Ficou sozinho na sala por alguns minutos. Nesse ínterim, percebeu vozes das salas próximas e o ruído de digitação. O lugar parecia ocupado, mas não via ninguém entrar nem sair das salas. A papelada devia chegar com hora certa. O que se fazia no resto do tempo? O serviço que lhe foi ensinado era simples demais e não justificava uma nova contratação. Será que havia outras rotinas? Se havia, ele não ia fazê-las, já que o Felipe parecia ser o chefe do departamento. Mas, afinal, que departamento seria aquele? Eles recebiam documentos para microfilmagem, mas não havia outro tipo de aparelho naquela sala, além daquele terminal.

CARACÓIS

Uma semana depois da chegada de Vladomir, Felipe chegou no escritório às sete, como de costume, para ler o jornal e tomar o café. Bateria o ponto às sete e meia. Devia ter dito ao gringo para chegar mais cedo, assim ele poderia sondar mais e confirmar suas temidas suspeitas. Na verdade, seu medo de descobrir a verdade sempre fazia adiar a pergunta definitiva.

Vladomir chegou às sete e meia, entrou na sala e já encontrou os computadores ligados, como esperado. Felipe estava sentado na mesa, lendo o jornal, como de costume.

— Bom dia.

Felipe reconheceu o sotaque e respondeu sem olhar para a porta.
— Bom dia.
— Quando chegam os documentos para cadastro?
— Como eu já disse, nunca antes das oito e meia. O rapaz do transporte só chega às oito. Depois do café, ele vem entregar os documentos. Pode sentar. Quer ler o jornal? Vai ter um jogão hoje na televisão.

Enquanto falava, Felipe retirou a seção de esportes, que havia acabado de ler, e pôs em cima da mesa, para Vladomir pegar.
— Eu gosto de esportes, mas prefiro a seção de cultura.
— Pode até ficar com ela. Eu só vejo a programação da televisão e jogo logo fora. Aqui.

O "aqui" ficou suspenso no ar, com o jornal que Felipe passou para o colega. Felipe arregalou os olhos e ficou de boca aberta. Mal acreditou quando viu o gringo de cabelo cacheado. Não era um cacheado discreto. Não era um ondulado normal. Não era um penteado moderno tipo "afro". Era um cabelo encaracolado de boneca. Com cachos que balançavam conforme ele andava.
— Tudo bem?
— Tudo bem? Tudo bem? O que aconteceu com o seu cabelo, homem?
— Minha mulher estava fazendo teste com produto de cabelo do seu país. Ela precisa saber se é bom. Ela *é* muito cuidado com as clientes dela.
— Ela usou você de cobaia?
— Não. Ela pediu para eu ajudar e eu ajudo.
— Mas ela deixou você com cara de...
— Cara de...?

Felipe pensou bem. Se ofendesse o gringo, ele ia fazer queixa ao seu Mathias e aí... Espera aí! É isso! Era um plano dos dois. Era isso que eles queriam. Ele ia ofender o gringo e ganhava uma justa causa. Ia ser um pontapé bem dado. Não, ele não ia cair tão fácil.
— ...cara de mais novo. Mais jovem. Cara de... garoto!

Vladomir estranhou aquele "cara de...". Não devia ser uma coisa boa. E o "...garoto" pareceu forçado. Alguma coisa estava errada. Ele imaginou que devia haver alguma coisa no cabelo. Mas estava perfeito! Sua Irina era uma mulher muito perfeccionista. Ela nunca fazia nada bom ou razoável. O cabelo estava perfeito. Devia

ser inveja. Bastava ignorar a inveja. Ninguém ia começar a pôr defeitos no belo serviço de sua mulher.
— Se você quiser, ela faz um em você também.
— Deus que...! Quer dizer... Deus me deu um cabelo muito ruim. Não ia ficar assim que nem o seu. Mas está bom. Obrigado pela oferta. Sua mulher é uma esteticista de mão-cheia.

Na hora do almoço, pela primeira vez em uma semana, Felipe saiu na frente. Desde que o gringo tinha vindo trabalhar no seu setor, eles almoçavam juntos. Era preciso conquistar o gringo. Tudo valia para criar uma boa impressão. Naquele momento, ele se arrependeu de ter criado tal hábito. Entrou no banheiro no fim do corredor, a fim de despistar. Talvez o gringo pensasse que ele já havia descido até o refeitório. Isso pouparia o vexame de entrar no salão cheio de conhecidos com aquele velho de cachinhos de boneca. Felipe entrou em uma das latrinas e trancou a porta. Ficou dez minutos. Estava morto de fome, mas, ainda que chegasse um pouco tarde ao refeitório, poderia comer rápido. Certamente conseguiria um lugar longe daquela aberração. Teve um súbito ataque de riso. Quando a imagem daquele velho baixinho com cachos balançando veio à mente, tudo o que ele conseguiu foi rir. Chegou às lágrimas. Quando olhou novamente para o relógio, imaginou que já havia passado bastante tempo. Saiu da latrina, lavou o rosto, arrumou os cabelos e riu quando pensou no velho. Ia entrar imponente no salão e ninguém ia associar sua pessoa àquela criatura.

Vladomir estranhou quando todos olharam para ele, na entrada do refeitório. Mas estava preocupado, procurando Felipe, e não quis dar atenção aos outros. Serviu-se diante do riso das cozinheiras, pegou sua bandeja e encaminhou-se para uma das mesas desocupadas. Outras pessoas entraram depois dele, mas ninguém se sentou ao seu lado. Sentiu-se constrangido de comer sozinho, mas Felipe certamente teve algum problema. Talvez uma emergência com os filhos. Talvez a mulher estivesse precisando de sua atenção. Sim, devia ser isso mesmo! Comeu seu almoço desejando que não fosse nada grave.

Felipe entrou no refeitório e evitou olhar muito para a mesa onde costumava almoçar com o velho. Pelo canto do olho, percebeu os cachinhos balançando. Ele estava lá. Pegou sua bandeja e serviu-se. Procurou um lugar bem perto da porta. E, mal havia se sentado, quando percebeu que na pressa esquecera o refrigerante. Olhou discretamente por sobre as cabeças à sua frente e viu que o velho estava entretido com a comida. Levantou-se discretamente e foi até a máquina de bebidas. Quando estava seguro de que conseguiria voltar são e salvo à mesa, ouviu aquele sotaque inconfundível:

— Aqui, Felipe. Aqui.

Felipe fingiu que não ouvia e puxou um assunto rápido com uma das cozinheiras. A moça percebeu o constrangimento de Felipe e provocou:

— O amigo do senhor está chamando lá no canto.

Felipe disfarçou:

— Está? Meu amigo? Não. Deve ser outra pessoa.

Felipe pegou o refrigerante e voltou rapidamente à sua mesa. Atacou a comida, para terminar rápido e sair antes de Vladomir. Tinha que ser rápido, pois o velho estava com alguns minutos de vantagem. Felipe mal mastigou a comida. Engoliu colheradas inteiras, lubrificando a descida com goles de refrigerante. Mal acabou de comer e saiu correndo do refeitório, subindo as escadas até o banheiro. Ficaria lá, fingindo escovar os dentes. O gringo não escovava os dentes e voltaria para a sala antes, com certeza. Quanto menos fosse visto ao lado daquela figura estranha, melhor para sua imagem de homem sério, pai de família... Passados quinze minutos, Felipe saiu do banheiro e voltou à sala.

— Felipe! Você não ouviu eu chamar no almoço?

— Você chamou? Desculpe, eu estava tão preocupado que nem ouvi.

— Aconteceu alguma coisa?

— Meu... filho mais velho... tirou nota baixa na escola.

— Isso é ruim. Você precisa conversar com ele.

— É. Eu sei. É... isso que me preocupa.

CHAMA

No dia seguinte, Felipe resolveu que só chegaria na hora de bater o ponto. Queria evitar que alguém o visse conversando com o gringo. Se chegasse na hora de trabalhar, ninguém poderia acusá-lo de nada. Talvez o próprio gringo tivesse caído em si e percebido que estava ridículo. Afinal, ele era estrangeiro. Vai ver que na terra dele os homens usam mesmo aqueles cachinhos de boneca. Enquanto

subia as escadas, Felipe sorriu e teve que segurar a gargalhada ao imaginar um monte de baixinhos, gordinhos andando de um lado para o outro com os cachinhos balançando. Quando entrou na sala, pisou firme, limpou a garganta e soltou um potente e másculo...
— Bom di...
— Bom dia.
Felipe achou que estivesse com algum problema nos olhos e piscou várias vezes e esfregou as pálpebras com força. Seu susto foi ignorado por Vladomir, que estava sentado à sua mesa, estudando um manual técnico. Felipe entrou lentamente na sala e encaminhou-se à sua mesa sem tirar os olhos do gringo.
— Conversou com o rapaz?
— Hã?
— Você conversou com seu filho? Sobre nota?
— A... a nota. É... Conversei, sim.
Felipe não acreditava que o cabelo do gringo tivesse ficado daquela cor de repente. Mas era verdade. Vermelho seria pouco. Era mais que vermelho, era mais que qualquer vermelho que ele já havia visto.
— O que aconteceu com você?
— Nada.
— Como nada? Sua cabeça parece uma tocha acesa.
— Uma tocha?
— Um fogo. Uma fogueira. O que houve, homem?
— Minha Irina...
— Já sei, ela quis testar a tintura antes de usar nas clientes.
— Exatamente. Sim. Ela *é* muito cuidado. Ela precisa ter certeza que...
— Aí ela pega você pra cobaia.
— Cobaia, não. Ela pede e eu ajudo.
Vladomir teve certeza de que era inveja. Certamente a mulher de Felipe não era tão profissional. Certamente ela não ligava se fazia o serviço bem ou perfeitamente.
— Você não disse.
— Não disse... o quê?
— O que faz sua mulher.
— Ah... isso. Ela é dona-de-casa.
— Ela não tem trabalho?
— Não. O trabalho dela é muito mais importante que o de

qualquer mulher que trabalha fora. Ela educa nossos filhos, cuida do orçamento da casa e me faz um homem feliz. Você acha pouco?
— E o que ela pensa?
— Ela é feliz. Ela faz o que toda mulher nasceu pra fazer bem. E nisso ela é perfeita.
— Ela nunca... é... quer trabalhar?
— Antes de casar, ela trabalhava. Ela era secretária de uma empresa. Aí, quando a gente casou, eu disse que ela podia ficar em casa. Ela não ia mais precisar acordar cedo, pegar ônibus cheio, aturar chefe chato...
Vladomir achou que havia uma lógica. A mulher de Felipe fez uma troca. Deve ter tomado a melhor decisão. Irina jamais trocaria sua profissão pelo serviço da casa. Cada um tinha seu emprego fora, e em casa eles dividiam tudo.
— A mulher sempre acaba tomando conta da casa e do marido e dos filhos. Sua mulher também não faz tudo em casa?
— Não.
— Você tem empregada, então.
— Não. Muito caro.
— Sua sogra toma conta disso?
— Ela é morta. Minha mulher e eu fazemos tudo.
— Você faz o serviço dela?
— O serviço dela é meu também.
— Isso está errado. A mulher tem que saber o lugar dela.
De repente, Felipe se deu conta do ridículo que estava passando. Estava tentando convencer um homem de quarenta e tantos anos, de cabelo cacheado vermelho, de que o homem não faz o serviço da mulher. Resolveu abandonar o assunto de repente. O gringo nem ia notar.
Vladomir percebeu quando Felipe deu as costas e parou de argumentar. Entendeu que havia vencido a disputa, pois Felipe não tinha argumentos para convencê-lo. O homem e a mulher são iguais e devem fazer os mesmos serviços. Afinal, que mal há em lavar, cozinhar ou qualquer outra atividade da casa?
Chegava a hora do almoço e Felipe se agitava com a preocupação de inventar uma desculpa para sair da sala antes e ficar no banheiro. A semana toda havia sido assim. Já estava ficando cansado de imaginar uma desculpa por dia. Já havia até deixado de almoçar. Embora fosse proibido, durante dois dias ele conseguiu levar

biscoitos salgados, que comeu escondido na sala. Desta vez pensou em algo inédito.

— Vladomir, eu preciso que você procure o rapaz da entrega e pergunte quantos documentos ele vai trazer amanhã.

— Para quê?

— Eu preciso ter uma estatística.

— Está bom.

Enquanto Vladomir subia dois andares, Felipe saiu correndo da sala e desceu direto até o refeitório. Era cedo, e ele foi o primeiro a chegar. As cozinheiras ainda estavam pondo os panelões no balcão para servir e estranharam aquela chegada tão esbaforida, mas puseram uma bandeja para Felipe.

— O senhor veio cedo hoje.

— É. Eu vou precisar ir ao médico e não posso voltar muito tarde.

Felipe serviu-se de qualquer coisa. Ia comer rápido e trancar-se no banheiro até que o gringo descesse. Enquanto ele estivesse almoçando, Felipe já estaria na sala, longe dos olhares e dos comentários maldosos. O rapaz da entrega já estava vindo à sala várias vezes por dia só para olhar o gringo. Na certa, ele inventava histórias sobre o gringo e Felipe e contava para todo mundo. Afinal, ele ia de sala em sala, e as pessoas deviam mesmo perguntar. Felipe torcia para que todos pensassem que o gringo ela doido.

— O senhor desculpe perguntar...

Felipe se surpreendeu com a intromissão da velha cozinheira que veio até a mesa.

— Perguntar o quê?

— Aquele homem esquisito, que usa cachinho, trabalha pro senhor, né?

— Não. Ele trabalha na minha sala. Ele não trabalha pra mim. A mesa dele é do outro lado da sala.

— Ele é mesmo o que as pessoas andam dizendo?

Felipe mal conseguiu disfarçar o medo.

— Dizendo o quê?

— Que ele é... assim...

— Assim... o quê?

— Ossessual.

— O quê?

A velha parecia constrangida. Na certa, as outras cozinheiras a tinham mandado perguntar por ela ser mais velha e impor algum

respeito. Felipe percebeu que as outras estavam juntas num canto, olhando para ele, como se esperassem uma resposta.
— Ele é vi... Ah, o senhor sabe!
— Não! Ele é casado. Eu conheço a mulher dele. Ele é... é... gringo.
— Ah, é?
— É. E a senhora com certeza não sabe que na terra dele todos os homens usam o cabelo daquele jeito. É a última moda nos países desenvolvidos.

A velha olhou para ele sem acreditar muito, olhou para as colegas, fez uma careta mostrando que tinha ouvido uma mentira e desculpou-se.
— O senhor me desculpa a ingnorância. Mas é que o pessoal ficou falando e eu qui...
— Eu desculpo a sua "ingnorância" e a do pessoal também.

Felipe resolveu ignorar a presença da velha e voltou a engolir a comida olhando para o relógio. Faltavam dez minutos. Ele nem pensou em tentar conseguir um refrigerante. Os pedaços de carne e batata desciam inteiros, causando um grande desconforto. Compensava a dor pensando que depois ia ter tempo de fazer a digestão na sala sozinho, tomando um cafezinho. Ia até poder ler o jornal de ontem, que ainda estava intacto.

Vladomir havia acabado de voltar à sala sem ter encontrado o rapaz da entrega. Certamente estaria fora da firma, fazendo algum serviço. Estranhou que Felipe tivesse feito aquele pedido, mas não devia perguntar. Vladomir sabia que ainda havia muito a aprender sobre o serviço e não devia questionar o superior. A sala estava vazia. Será que Felipe teve outro problema urgente? Deveria esperá-lo para o almoço? Mas e se Felipe não voltasse a tempo para o almoço? Ele também ficaria sem comer. Resolveu deixar um bilhete na mesa do outro:

"Não acho o rapaz da entrega. Ele está fora da empresa. Vou almoçar. – Vladomir"

Felipe subiu as escadas e já estava próximo à sala quando ouviu a porta se abrir. Pulou para dentro do banheiro, na esperança de não ser visto por Vladomir. Ao invadir o lugar, assustou dois funcionários que urinavam e acabaram por molhar o chão.
— Desculpa, pessoal. Eu escorreguei no corredor. Parece que encerraram tudo com sebo. A gente ainda acaba quebrando o pescoço aí fora.

Os rapazes não entenderam nada. Felipe sorriu sem graça, o que fez com que saíssem logo do banheiro. Uma vez sozinho, Felipe trancou-se numa latrina, como de costume, para esperar que Vladomir tivesse tempo de descer para o refeitório.

Vladomir entrou no refeitório, e todos pararam o que estavam fazendo. Alguns garfos ficaram suspensos a meio caminho entre os pratos e as bocas. Uma cozinheira derrubou arroz fora da bandeja que estava servindo.

— Ele é gringo — disse a velha cozinheira com quem Felipe havia conversado há pouco.

— Gringo ou não gringo, pra mim ele é outra coisa — disse outra, mais nova.

Quem estava de pé tratou de procurar uma mesa já ocupada, a fim de evitar ter que se sentar ao lado daquela figura estranha.

Vladomir serviu-se, ignorando os olhares e os risos. Enquanto sua bandeja era servida, ele olhou ao redor do salão, procurando Felipe.

— Seu amigo já saiu — gritou a velha cozinheira.

— Já almoçou? — Vladomir disse em voz normal.

— Já. Ele comeu rápido. Parecia que ia tirar alguém da forca.

Vladomir não entendeu a expressão muito bem, mas imaginou que Felipe tivesse saído para resolver outro problema familiar.

POR UMA CAUSA JUSTA

Muito mais ocorreu nas semanas seguintes. Um dia, Vladomir apareceu de sobrancelhas feitas. Outro dia, foi o batom permanente, daqueles que só saem com uma semana de uso. Depois, foi a sombra de olhos, depois a depilação dos braços. Ao fim de um tempo, uma tal metamorfose havia ocorrido que Felipe tinha medo de que, de uma hora para outra, uma mulher surgisse de vestido longo em sua sala. As desculpas da hora do almoço estavam ficando cada vez mais criativas. Felipe já tivera que "matar" alguns parentes distantes, a fim de justificar seus desaparecimentos repentinos. O serviço começava a acumular-se sobre sua mesa.

Vladomir tinha pena do colega. Pobre homem! Que família! Ele, que não era religioso, às vezes ficava imaginando se Felipe não estaria sendo penalizado por algo errado que tivesse feito contra alguém. Mais de uma vez se oferecera para ajudar nos problemas pessoais do amigo. Chegara mesmo a convidá-lo para jantar. Nesse dia, a propósito, houve um diálogo que por pouco não ameaçou a amizade que tinha por Felipe:

— Sabe, Vladomir, eu preciso dizer uma coisa.
— Pode ser franco. Se você tem problemas, eu posso ajudar.
— É. Mais ou menos. Eu tenho e não tenho.

Vladomir imaginou que o amigo estivesse muito estressado. Suas frases não faziam muito sentido. Estaria usando alguma expressão que ele desconhecia?

Felipe ficou com pena do pobre-diabo. A mulher, a tal de Irina, devia ser uma safada. Estava fazendo o pobre homem de bobo. Estava fazendo o homem de cobaia e ia ganhar dinheiro às custas dele. Isso só confirmava sua teoria de que lugar de mulher é dentro de casa, lavando, passando, cozinhando e tomando conta dos filhos. A mulher que trabalha fora é sujeita a todo tipo de aberração. O marido, coitado, acaba pagando o pato. Mas, daquele jeito, Felipe nunca tinha visto. Que mulher ruim! Felipe sentiu que poderia magoar o coitado do velho, mas tinha que dizer a verdade. Ainda que perdesse a amizade. Era por uma causa justa. Os homens deviam ser solidários!

— O negócio é o seguinte: eu acho que tua mulher, com todo o respeito, está te fazendo de bobo.
— Como?
— Esse negócio de pintar o teu rosto, de fazer teu cabelo. Pintar as unhas de vermelho! Ela faz você de palhaço.
— Não faz, não.
— Claro que faz! Homem que é homem não anda de cabelo feito. Homem não pinta a unha de vermelho, nem faz cachinho. Isso é coisa de mulher.
— Mas minha Irina é grande profissional. Ela precisa ajuda para escolher bons produtos. Ela é profissional.
— Por que ela não testa essas drogas nela mesma?
— Porque ela precisa de uma pessoa para ficar melhor. Ela já é muito bonita, não precisa dos produtos. Ela não gosta de pintura.
— Mas aí ela faz você de palhaço, homem.
— Mas ela precisa minha ajuda.

Felipe achou que estava perdendo tempo. O velho estava mesmo convencido de que não havia nada de errado naquilo. Cada vez que olhava para aquele velho ridículo, sentia vontade de dar-lhe uma surra. Talvez apanhando ele voltasse a si. Mas, se fizesse isso, com certeza perderia o emprego. Talvez pudesse dar uma surra na mulher. Ela, sim, merecia uma boa sova. Mas aí podia perder o emprego, a promoção e a liberdade. Depois de muito pensar e se irritar, resolveu que ia deixar tudo como estava, mas ia continuar evitando ser visto ao lado dele. Os comentários maldosos já corriam toda a empresa e mesmo ele, que não se pintava, já era alvo de olhares maliciosos pelos corredores e no refeitório. Resolveu oficializar o horário de almoço antecipado.

Vladomir começou a acreditar que Felipe não queria mais almoçar com ele por estar magoado. Talvez Felipe estivesse certo no seu modo de pensar, mas Vladomir sabia que também estava certo. Logo percebeu que o contato mais informal com Felipe se tornara difícil. Tudo o que Felipe dizia estava relacionado ao trabalho, e poucas vezes se viam na sala. Felipe às vezes passava horas fora. Certa vez, chegou um pedido pessoal do seu Mathias para Felipe, mas como não conseguiram encontrá-lo, Vladomir acabou sendo convocado para realizar o serviço.

Felipe estava cada vez mais tenso. Sua saúde já não era boa antes da chegada de Vladomir. Seus filhos davam realmente muito trabalho, e sua mulher lhe dava muitas dores de cabeça, pois vivia dizendo que queria voltar a trabalhar. Desde que Vladomir começara com suas esquisitices, Felipe já havia faltado ao serviço dois dias em uma semana. Seu serviço vivia atrasado. As pilhas de pedidos de microfilmagem iam surgindo, e ele as guardava na gaveta. Alguns pedidos foram perdidos e documentos importantes deixaram de ser liberados do arquivo. Tornavam-se freqüentes os pedidos pessoais do seu Mathias para Felipe. Como ele nunca estava disponível, Vladomir acabava por tentar encaminhar os pedidos sozinho, e desta forma aprendeu mais do que sua simples rotina exigia.

Aos poucos, Vladomir foi descobrindo vários entraves no funcionamento do seu setor e, depois, como passou a atender às necessidades de outros departamentos, não custou a perceber que a empresa como um todo era pouco eficiente. Toda a sua vida ele havia trabalhado em grandes e ineficientes empresas estatais e aprendera a identificar as "ferrugens que emperravam as engrenagens", como ele gostava de dizer.

Seu Mathias não demorou a perceber a eficiência do novo funcionário. Apesar da aparência estranha, era eficiente, aprendia com rapidez a rotina dos diversos departamentos e era capaz de redigir relatórios objetivos. Havia erros gramaticais, mas só nos primeiros. Vladomir era educado e não custou a conquistar a simpatia dos outros funcionários. Chegava cedo, fazia seu serviço e sempre estava pronto a ajudar. Era um funcionário exemplar. Já com relação a Felipe, seu Mathias começou a criar uma imagem um tanto quanto distinta. Seu Mathias despertou para o fato de que aquele rapaz já estava havia vários anos na mesma função e nunca fizera sequer um curso de aperfeiçoamento. Recentemente, seu Mathias havia percebido que sua empresa começava a perder mercado para a concorrência. Seus funcionários não falavam uma língua estrangeira, poucos tinham bom nível educacional, poucos desempenhavam sua função com eficiência, e em sua mente Felipe passou a representar a imagem do mau funcionário. Decidiu que algo devia ser feito.

BARNABÉ

Felipe começou a desenvolver os sintomas de uma doença grave: em todo lugar imaginava que as pessoas estavam comentando sobre um suposto romance seu com o velho Vladomir. Podia jurar que ouvia seu nome. Às vezes voltava-se para os prováveis fofoqueiros e os encarava chamando-os para briga. Certa vez, agrediu o rapaz da entrega, quando este, ao passar-lhe o malote de documentos, sorriu amistosamente.
— Está rindo de quê, fedelho?
— De nada.
— Então é retardado. Só retardado ri de nada. Tem algum palhaço aqui?
O rapaz ficou assustado. Vladomir levantou-se e tentou impedir que Felipe atirasse o malote no rapaz.
— Calma, Felipe. Calma. Você está nervoso.
Enquanto falava, Vladomir pôs-se entre eles e foi empurrando o rapaz para fora da sala. Uma vez fora, tentou acalmá-lo.
— Ele tem problemas em casa. Não está nervoso com você. Vai.
O rapaz comentou em todos os departamentos o que havia acontecido. O incidente não custou a chegar aos ouvidos de seu

Mathias. Era a gota d'água. Felipe ia ter que sair.
No dia seguinte, Felipe foi chamado ao Departamento de Pessoal. O chefe do DP conversou com ele pessoalmente.

— Bom, senhor Guerreiros, o senhor deve imaginar por que motivo eu o chamei aqui.

— O senhor deve estar falando do homem que trabalha comigo, não é?

— De certa forma, o que eu tenho a dizer está relacionado a ele, sim.

— Eu tentei avisar que ele estava perturbando a ordem da empresa. Disse que ele estava fazendo papel de bobo, mas ele não me ouviu. Sabe, sinceramente acho que ele é um pobre coitado. A mulher manda nele, e o coitado faz todas as vontades dela.

— Não é bem isso, senhor Guerreiros.

— É sim! Ele mesmo me disse. Quer dizer, ele não disse que a mulher mandava nele, mas isso qualquer um com um pouco de inteligência percebe rápido.

— O que eu quero dizer, senhor...

— E aí ele começou a ser motivo de chacota dos outros funcionários. As pessoas têm vergonha de ficar e falar com ele. Isso, é claro, atrapalha o serviço.

— Não é bem assim, senhor Guerreiros. O Vladomir é um funcionário exemplar. Ele não só é eficiente, como também é um homem cortês. Todos os funcionários o adoram. O senhor sabia que ele foi voluntário no nosso programa de aperfeiçoamento de funcionários?

— É?!

— Exatamente. O senhor sabe de que forma ele ajuda os colegas?

— Não.

— Isso não me surpreende. Pois eu vou informá-lo. Vladomir ensina normas de segurança. Normas essas que reduziram o índice de acidentes na fábrica.

Tudo era tão estranho que Felipe mal podia acreditar. Como seria possível que estivessem falando do mesmo homem?

— Portanto, senhor Guerreiros, o nosso presidente, senhor Mathias, resolveu promover o Vladomir a chefe do setor de documentação e procedimentos.

— O quê? Quer dizer que ele agora é meu chefe?

— Não exatamente.

Felipe sentiu seu coração disparar. Se o gringo havia sido promovido, ele também seria. E, se o gringo subira a chefe, ele certamente seria promovido a chefe de todo o departamento. Afinal, ele merecia isso. Doze anos de casa...

— Isso quer dizer que eu também vou ser promovido?

— Não, senhor Guerreiros. O senhor será demitido por justa causa.

— O quê?! Justa causa?! Mas eu não fiz nada!

— Eu devia dizer "justas causas". O senhor quer que eu as enumere? Agressão, afastamento deliberado do local de trabalho durante o expediente, irregularidade no horário de almoço, atitude suspeita dentro da empresa. Será que isso basta?

— Mas... mas... mas... eu... eu não fiz essas coisas.

— Há testemunhas, senhor Guerreiros, e para seu azar há várias para cada irregularidade. Além disso, há o agravante de o senhor ser um funcionário muito pouco preocupado com seu aperfeiçoamento. O senhor deve saber que nossa empresa está em processo de remodelação e todos precisam se comprometer com o aprendizado de novas tecnologias. O senhor está parado no tempo há pelo menos doze anos. Nesse tempo, o senhor nem sequer fez um curso de datilografia.

Felipe não tinha argumentos. Era tudo verdade, de certa forma.

— Já sei. Já sei. Foi tudo uma armação para me mandar embora. Vocês contrataram o gringo e armaram toda essa história pra me tirar da jogada. Pode dizer a verdade. Não era esse o plano?

— Que plano, senhor Guerreiros?

— Pra botar alguém no meu lugar e me mandar embora.

— Não há plano algum, senhor Guerreiros. Tudo é resultado do seu comportamento. Ontem e hoje. O senhor jamais moveu uma palha para se manter no emprego e ultimamente parece que se esforçou para sair dele. E conseguiu o que queria. O senhor está demitido.

Tudo o que se disse a partir daí soou como ruído para Felipe. Mais tarde, ele não lembraria o que havia dito ao chefe do DP. É possível que tivesse xingado o homem, mas nem disso ele se lembrava. Felipe saiu do DP e subiu até a sala para buscar seus pertences. Talvez tudo o que houvesse de pessoal fosse o jornal que comprara pela manhã e nem sequer tinha aberto. Enquanto subia as escadas, Felipe lembrou-se de que todo aquele tempo havia passado e ele não havia perguntado o que o velho fazia lá no seu país, na Europa. Se ele dissesse que era programador de computadores,

Felipe poderia fazer escândalo e provaria na justiça que tudo havia sido um plano para tirá-lo do emprego. Talvez o gringo estivesse ilegalmente no país. Felipe perderia o emprego, mas ganharia uma bela indenização e ficaria o resto da vida vivendo dos rendimentos da poupança que abriria com o dinheiro recebido. Quanto ao velho, voltaria com a mulher para a guerra e ia sofrer para aprender a não tirar mais o emprego de um homem honesto. Se Deus fosse justo, Felipe pensou, a mulher não iria com ele. Fugiria com um outro, com o marido de alguma cliente, depois de roubar todo o dinheiro do velho. Enquanto subia as escadas, Felipe ria nervoso. Torcia as mãos como se tivesse um grande trunfo, como se tivesse descoberto o plano perfeito de Mathias e sua corja. Felipe achava que, de quebra, ainda merecia a chance de bater no velho. A surra o vingaria do vexame e de quebra ensinaria o velho a agir como homem de verdade. Quando chegou em frente à sala, armou uma entrada triunfal. Abriria a porta com violência, para que ela batesse contra a parede e fizesse barulho. Isso deixaria o velho assustado, e ele confessaria tudo. Assim fez.

Seu Mathias, que se encontrava na sala conversando com Vladomir, levou um susto e derrubou os relatórios mensais que segurava. Vladomir, que estava arrumando sua mudança para o andar de cima, deixou cair a caixa na qual estava guardando alguns livros.

Felipe levou um susto tão grande que gritou. Mas a vingança já estava decidida em sua mente. Era mesmo bom que o chefão estivesse ali com o chefinho. Ele poderia desmascará-los ao mesmo tempo e, com a porta aberta, todos veriam a sujeira que haviam preparado contra ele. Avançou na direção de Vladomir e agarrou-o pela gola da camisa.

— Me conta agora, safado! O que você fazia no seu país antes de vir roubar meu emprego? Era programador de computadores?

— Não.

— Trabalhava na firma que fez o XRM-2600?

— Não. Não.

— Então fazia o quê, desgraçado?

— Era funcionário público.

Nesse momento, os seguranças entraram e agarraram Felipe. Ele foi levado para fora em choque, repetindo aquelas últimas palavras.

— Funcionário público, uma ova! XRM-2600! Funcionário público, nada! XRM-2600! XRM-2600! XRM-2600! XRM-2600!

Irene e o barômetro

Gosto de pensar nos anos longínquos. As recordações das mulheres da minha vida vão enfraquecendo e sempre pode ser a última vez que me lembro de cada uma delas. Mas o cheiro de Irene ficou. Não exatamente o cheiro de Irene, mas do perfume barato, do esmalte de unhas, dos lençóis azedos de nicotina e da enjoativa espiral contra mosquitos. O cobertor era o mais seboso de quantos houvesse naquele pardieiro. Engraçado: essas coisas nojentas hoje são belas.

Fazia pouco que nossa família havia chegado da Itália, quando por acaso vi Irene desembarcar de um vagão de terceira classe, na estação ferroviária do Lagamar. Seu vestido desbotado estava suado e encardido pela fuligem da viagem. Ela carregou a mala puída sob os eucaliptos, ao longo de duas quadras, até chegar ao avarandado do hotel. Devia ter uns trinta e poucos anos. A pele era meio encarquilhada nas juntas, mas os movimentos eram ágeis. Vinha de alguma cidade da fronteira, para trabalhar como camareira durante o veraneio.

O hotel logo começou a se encher de hóspedes. Todos ficaram encantados com o barômetro que havíamos trazido de presente para nossos tios. Ele agora estava solenemente pendurado num pilar do avarandado, à vista de todos. Quanto ao retrato do *Duce*, preferiram escondê-lo no quarto. Eram bons comerciantes e não queriam criar controvérsias com a clientela. A convivência com aquela gente simpática nos ajudou a entender o português bem antes do que havíamos imaginado – e, nisso, modéstia à parte, fui mais rápido que meus irmãos.

A agitação do hotel logo me fez perder Irene de vista. O prédio nem era tão grande, mas meio espalhado, meio intrincado, com muitos caminhos feitos de luzes e sombras. Naquele pequeno labirinto, não tive mais oportunidade de observá-la tão bem quanto no dia da chegada ao balneário. Se a vi algumas vezes, foi sempre muito rápido, quase de relance, quando passava de um quarto a outro, com vassoura e balde, ou então quando ia à rouparia buscar lençóis limpos.

Devia ser fim de janeiro, talvez fevereiro, quando um encontro selou o início de algo entre Irene e mim. Era uma manhã de sol. Uma leve brisa marítima soprava da direção dos molhes, mas os taquarais mal se mexiam. Os veranistas estavam todos na praia, deixando o hotel entregue à momentânea calma que precedia as badaladas num pedaço de trilho ferroviário, chamando os empregados para o almoço.

Aproveitando a calmaria, eu brincava com minha espada de madeira no meio do milharal, imaginando estar sozinho em plena floresta de Sherwood, atacado pelos homens do rei. Apesar da situação difícil, mostrei a fibra de um valoroso membro do bando de Robin Hood, decepando braços e pernas de incontáveis inimigos. Quando já havia desfolhado dezenas de pés de milho – que meus pais e meus tios jamais soubessem! – dei por mim em frente a um pequeno banheiro, que poucos empregados usavam, cuja entrada ficava meio disfarçada atrás de touceiras de hortênsias azuis.

Nesse momento, Irene saía do banho apressada, quase furtiva, com a toalha amarrada na cintura e os seios à mostra. Fiquei paralisado, com a espada em riste. Boquiaberto, pude contemplar por alguns segundos a navegação aérea daquele par de mamas bojudas, balouçantes e suculentas, cuja pele lisa e leitosa confluía para pequenas auréolas cor de chocolate. Os mamilos crispados pela brisa do mar pareciam feitos de uma carne trazida de outro planeta.

Ao notar minha presença, Irene esboçou um sorriso despudorado, mas de uma vulgaridade deliciosa, inesquecível, como pela vida afora eu jamais voltaria a encontrar em outras mulheres, nem mesmo nas mais sábias, nem mesmo nas mais loucas. Aquela vulgaridade não apenas me convidava, mas já me incluía. Foi tudo muito rápido e muito luminoso. Com o coração disparado, vi Irene entrar no quarto e fechar a porta. Só então baixei a espada. Nesse momento, não enxerguei mais a floresta de Sherwood, só o ridículo milharal. Para mim, o mundo havia mudado.

Dias depois, cruzei com Irene no longo corredor de lajes gastas, que corria à sombra do parreiral. Ela trazia duas moringas com água fresca do algibe para os quartos da frente.

— Eu vi — disse baixinho, bem perto dela.

— Mentira — retrucou ela, sem me olhar nos olhos.

Não trocamos mais nenhuma palavra até o fim do veraneio. A temporada foi curta naquele ano. As noites refrescaram depois do carnaval e os veranistas debandaram logo. Meus tios não demoraram a dispensar os empregados. Irene foi embora na primeira leva, sem que eu ficasse sabendo o horário do trem, para ir até a estação.

Quando estourou a guerra na Europa, recebemos uma carta de Pizzo. Meu pai leu-a em voz alta, depois do jantar, com uma expressão grave no rosto. Nossos parentes calabreses nos aconselhavam a não voltar à Itália de imediato, pois a situação por lá não era nada boa. Percebendo a aflição tomar conta de nós, nossos tios acabaram por convencer meu pai a permanecer no Brasil mais algum tempo, oferecendo-lhe como trabalho remunerado a supervisão da reforma no hotel, de modo a poder sustentar a família. Quanto a nós, os filhos, ficaríamos encarregados de pequenos mandaletes, como comprar pão, buscar as cambonas de leite no tambo e, conforme o caso, correr à cidade e trazer peças de reposição para a bomba d'água, que enguiçava quase todos os domingos. Por sorte, conseguiram-nos matrícula na escola do próprio balneário, que ficava praticamente deserto fora do veraneio.

Assim começou minha imprevista permanência no sul do Brasil, país que eu iria adotar em definitivo só muitos anos mais tarde, já com as costeletas grisalhas, depois de muitas idas e vindas. A vida é estranha. Naquela primeira vez, a guerra nos fez ficar por um período de tempo muito maior do que jamais poderíamos ter imaginado, ao sair de Pizzo. Mas minha adaptação ao Brasil não foi difícil. Antes do outro veraneio, eu já dominava bastante bem o idioma.

Nos últimos dias de dezembro, comecei a rondar a estação ferroviária do Lagamar, sempre que percebia no horizonte qualquer sinal da fumaça preta da locomotiva. Estava ansioso. Dois dias antes do ano-novo, Irene desembarcou do trem, com a mala do ano anterior.

Ficamos amigos. Habituei-me a me sentar à soleira da porta do quarto de Irene, nos fins de tarde, quando ela costumava escapar do serviço para fumar e tomar uns mates. Numa dessas ocasiões, ela me contou que, no último inverno, havia esquiado nas montanhas nevadas do Uruguai, das quais eu jamais ouvira falar antes. Na verdade, nessa época eu quase nada sabia desse país simpático, a não ser que fazia fronteira com o Brasil, pois muitos hóspedes do hotel vinham de lá. Mesmo assim, imaginei Irene deslizando na neve. Acreditei que fosse uma mulher feliz, apesar da cicatriz no braço, resultado de um tombo com os esquis. Lamentei vê-la apenas no verão, quando ela vinha trabalhar no Lagamar.

O momento culminante desse veraneio deu-se em meados de janeiro, quando Irene subiu no pessegueiro para apanhar frutas nos galhos mais altos. Eu logo me postei abaixo dela, oferecendo um saco de lona para recolher os pêssegos. Dali pude entrever suas pernas até a altura dos joelhos. Ninguém me tira da cabeça que ela se sentiu devassada, mas continuou assim mesmo, como se nada estivesse acontecendo. Foi pegando os pêssegos sem pressa. E eu olhando tudo. As pernas dela não eram bonitas, tinham escoriações e pêlos na região da canela. No entanto, ganhavam um torneado gostoso na rota para a zona oculta do avesso do vestido, onde os contornos se diluíam na sombra.

Por várias semanas, fiquei com aquela imagem dos joelhos de Irene diante de meus olhos, mas ela não voltou a subir em lugar nenhum, nem no pessegueiro nem em qualquer escada para limpar os vidros. Foi embora depois da Páscoa, levando para comer no trem um pedaço da *pastiera* que minha mãe e minhas tias haviam preparado e distribuído a vários empregados. Aquele gesto era sinal de que os contemplados voltariam ao hotel no veraneio seguinte.

Isso de fato aconteceu, em todos os casos, porém Irene chegou bem tarde, já na segunda semana de janeiro, mais magra e com um olhar desgostoso. Num pequeno grupo de empregados, onde me enfiei por curiosidade, tive o desprazer de ouvi-la revelar um grande segredo: tinha um filho da minha idade, mas era obrigada a deixá-lo na fronteira, aos cuidados de uma tia, para vir ganhar a vida no Lagamar. O menino não tinha pai. Irene explicou ter engravidado sem perceber, num vagão de trem, pelo azar de ter

sentado casualmente num banco quente deixado por algum outro passageiro. O cozinheiro tripudiou:
— Então o filho é da Viação Férrea!
Fiquei indignado com aquela falta de respeito, mas não disse nada. Eu era estrangeiro no Brasil e tinha ordem de meu pai para não arrumar encrencas em hipótese alguma, e de preferência nem citar o nome de Mussolini. Guardei a raiva comigo. De qualquer modo, esse fato lamentável como que inibiu meu apetite carnal por Irene durante o verão inteiro. Eu a via passar com o balde e a vassoura, de quarto em quarto, muitas vezes vestindo uma saia até meio transparente, se vista à contraluz, mas me esforçava para desviar o olhar do corpo dela.
Um dia não agüentei mais de tanta vontade. Surrupiei do varal um sutiã de Irene e, depois de cheirá-lo, esfreguei-o demoradamente na minha região genital. Tinha em mente aquele sorriso safado de tanto tempo atrás, quando saí da floresta de Sherwood para descobrir o mundo. Recoloquei o sutiã no arame com todo o cuidado, encavalando quatro ou cinco prendedores de roupas. Depois fui até o algibe, tirei a tampa de ferro e gritei lá dentro, para ouvir o eco:
— Irene!
Pensei muito nela durante o inverno, quando vi nascerem meus primeiros pêlos pubianos. Daria tudo para que ela os afagasse com seus dedos calosos, mesmo por poucos segundos. Não precisava fazer mais nada, apenas tomar conhecimento de que eu estava virando um homem.
No veraneio seguinte, Irene chegou da fronteira com uma história absolutamente maluca. Contou que seu braço direito havia sido decepado por acidente numa serraria, mas lhe nascera outro idêntico, tendo inclusive a cicatriz anterior no mesmo lugar.
— Foi uma graça de Deus — explicou ela.
— Mentira — respondi.
Àquela altura da minha vida, eu já tinha certeza de que não era possível ocorrer uma coisa desse gênero. No entanto, apesar de tomar todo o cuidado para não fazer papel de idiota, eu gostava da perversidade de Irene, daquela necessidade de mentir que não era fortuita, tola, mas brotava do fundo de sua alma. E gostava mais ainda do jeito lânguido com que ela esfregava a pedra-pomes nos calcanhares, para aparar as bordas endurecidas. Uma tarde, na hora

do chimarrão, cheguei a me oferecer para ajudá-la nesse serviço torpe, só pela oportunidade de tocar a carne dela.

E toquei. Foi uma leve carícia no tornozelo, onde a pele era tão clara, tão fina, que dava até vontade de passar a ponta da língua. Irene recebeu o meu toque como uma brincadeira inocente. Mas pela primeira vez tomamos mate na mesma cuia. No fundo, eu não queria sentir o gosto da erva, mas saborear algum resíduo da saliva de Irene na ponteira da bomba de alpaca, cheia de arabescos e incrustações de pedras baratas. Aquela falsidade toda me dava prazer.

Dias depois, fiquei enojado por ter tomado mate com Irene. É que alguns empregados do hotel andaram espalhando, à boca pequena, que Irene saía à noite e se prostituía com soldados do destacamento encarregado da defesa da barra. Além do nojo, senti raiva. Mas tudo isso passou com o tempo e meu furor voltou com intensidade redobrada. Eu já não podia mais admitir a idéia de perder a virgindade com qualquer outra mulher. Tinha de ser com Irene.

Veio um ano difícil. As notícias da Itália eram as piores possíveis. O *Duce* estava dando com os burros n'água. Meus pais andavam apreensivos e muito mais cautelosos que antes. Desde a surpreendente entrada do Brasil na guerra, a favor dos Aliados, mesmo num lugar tão bucólico quanto o Lagamar sentia-se avolumar a hostilidade contra nós, italianos. Por outro lado, o negócio com o hotel ia cada vez melhor, desde que os outros dois existentes no balneário haviam sido requisitados pelo Exército para alojamento de tropas.

Em decorrência disso, gente muito refinada – até mesmo castelhanos de Cadillac – vinha agora se hospedar no hotel da nossa família. Os ricos eram os que mais se comoviam ao contemplar o barômetro do avarandado, embora ninguém soubesse interpretar direito as marcações dos ponteiros, nem mesmo meu pai. Eu admirava as filhas dos hóspedes, moças viçosas que exibiam belos maiôs bordados, mas seus semblantes inocentes me enfastiavam como um doce com excesso de açúcar. Eram normalistas. Não tinham a aspereza e o despudor daquela camareira: tetas ao sol, bafo de cigarro, cheiro de suor.

Pois a verdade, nua e crua, é que comecei a gostar até mesmo do suor de Irene. Às vezes, notava uma gota verter do couro cabeludo e escorrer ao longo do pescoço, muito devagar, como se fosse uma lágrima – e era quase isso. Então ela largava o balde para passar o braço nessa gota de suor, deixando ver a axila não propriamente peluda, mas só levemente pilosa, descuidada, como uma mulher que destoa da coqueteria das mulheres. O suor acre do corpo de Irene, misturado ao odor sulfuroso das locomotivas bufando na frente do hotel, anima hoje a doce nostalgia daqueles dias da minha vida.

No final da guerra, até meu pai agradeceu a Deus pela ventura de ter ficado longe das misérias que assolavam a Europa. Estávamos todos habituados à vida no sul do Brasil. Eu me adiantara nos estudos. Sabia muito bem onde ficava o Uruguai e tinha certeza de que lá não havia neve. No entanto, desejava que Irene continuasse mentindo, suando, dizendo safadezas, porque tudo aquilo tornava as mulheres menos óbvias que minhas tias.

Numa manhã de sábado, o hotel foi assolado por uma algazarra na lavanderia. Corri para lá. Meu tio, vermelho de raiva, acusava Irene de ter roubado o barômetro italiano que havíamos trazido de Nápoles, ameaçando despedi-la e entregá-la à polícia. Ela chorava, negando tudo. Havia três ou quatro empregados à volta, numa posição acusativa, em apoio a meu tio. Não tive dúvidas em intervir.

— Fui eu que quebrei o barômetro com a bola – declarei com voz firme, para todos ouvirem. — Quebrei e joguei fora.

Houve um silêncio na lavanderia. Sentia-se apenas o perfume monástico dos ferros de passar a carvão, salpicado pelos pingos de uma torneira mal fechada. Desconcertado, meu tio pediu desculpas a Irene e me encarou com reprovação. Passei uma semana ouvindo reprimendas da família inteira, mas agüentei firme.

Dias depois do incidente, fui ao quarto de Irene na hora do chimarrão. Por mero acaso, ao pousar os olhos numa sacola semioculta sob a cama, deparei com o barômetro desaparecido em meio a alguns talheres do restaurante e bugigangas tiradas dos quartos dos hóspedes. Ela notou meu espanto. Sorriu de um jeito suave, até com certa classe, mas sem se despir totalmente daquela aura vulgar que tanto me encantava. Nesse sorriso não havia súplica, mas cumplicidade. Minha virilha intumesceu na hora. Toquei o ombro de Irene. Ela se afastou de mim. Quis avançar de novo. Lá fora, soaram as badaladas no trilho que servia de sino, convocando os empregados ao jantar.

Quando a guerra terminou, todos nós da família acreditávamos que ficaríamos morando no Brasil. Mas, no fim do veraneio, meu pai recebeu um cabograma e, para nossa surpresa, anunciou que depois da Páscoa iríamos embarcar no primeiro navio de volta à Itália. Não deu detalhes. Informou apenas que fixaríamos residência em Nápoles, em vez da Calábria. Pediu que não comentássemos absolutamente nada com os empregados do hotel, mas foi impossível atendê-lo. A melancolia estava estampada no meu rosto e no dos meus irmãos. Todos no hotel perceberam tudo com facilidade, embora não se falasse nisso.

Na véspera da partida, Irene estremeceu minha tristeza com um convite à queima-roupa: queria que eu fosse ao quarto dela por volta das dez da noite, mas sem deixar ninguém perceber. Compreendi que chegara o momento. Mal pude arrumar a bagagem, de tanta excitação.

Às dez em ponto, aproveitando uma golfada de vento que fez farfalhar a folhagem dos cinamomos, bati três vezes na porta do quarto de Irene. Ela abriu e me mandou entrar, sem acender a luz. Não senti o habitual cheiro de suor, mas outro mais adocicado, não sei se de vermute ou jurupiga.

— Toca aqui — disse ela, na escuridão do quarto, conduzindo minha mão para o monte de pêlos entre suas pernas.

Toquei o púbis de Irene muito de leve, primeiro arrastando a parte lateral do dedo indicador, depois titilando com as pontas dos dois dedos do meio. Os pêlos das bordas pareciam secos e eriçados, mas os mais centrais se umedeceram com um líquido pegajoso.

— Amanhã vais embora — disse Irene.

Fiquei calado. Os taquarais se agitavam com o vento. O zumbido era mais fino que o das folhas dos cinamomos. Continuei brincando com os dedos nas polpas meladas de Irene. Ela espumava, amolecendo a voz. Num rápido intervalo, recompôs-se e perguntou:

— Quanto tempo se leva de navio daqui pra Itália?

— Quase um mês — respondi.

Não dissemos mais nada. Irene abriu minha braguilha e fez em mim o mesmo que eu fazia nela, no mesmo ritmo, com o mesmo toque, e não tardou para que sua mão ficasse tão molhada quanto a minha. Misturamos nossos líquidos, mas sem encostar nossos corpos. De algum modo, eu sentia que devia ser assim, por uma razão que jamais soube.

Em certo momento, deslizei a mão para cima, ao longo do corpo de Irene, em busca daquela parte que havia alimentado minha fantasia desde o primeiro dia, no decorrer daqueles anos todos.

Só então percebi, pelo tato, que ela vestia uma camiseta de malha. Tentei enfiar a mão por baixo do tecido, a caminho dos seios. Ela se desvencilhou.

— Não — disse Irene.

— Eu vi — retruquei.

— Mentira.

— Mas eu vi.

— Mentira.

Ficamos alguns instantes calados. Depois, ouvi de novo a voz de Irene, com uma doçura que eu desconhecia.

— Hoje não.

Não foi nessa noite, nem nunca mais. Na manhã seguinte, bem cedo, estávamos todos no porto da cidade e dali embarcamos de volta à Itália. No meio da minha bagagem, eu levava com carinho a bomba de chimarrão que Irene havia me dado na noite anterior, em troca do barômetro.

Quando o navio apitou pela última vez, passando entre os molhes da barra, vislumbrei bem atrás dos cômoros, quase no fundo da planície, os diminutos prédios do Lagamar. Então me ocorreu que, naquele exato momento, Irene já devia estar bem adiantada na arrumação dos quartos do hotel. Eu sentia saudades antecipadas não apenas de seu suor, mas também de seu jeito falso, cínico, muitas vezes sórdido. Baixei os olhos para a espuma do mar. A viagem mal começava, e no entanto eu já sabia que estava condenado a buscar coisas de Irene nas demais mulheres do mundo.

SÉRGIO REPKA

Gauche

Horror dos horrores, eu *empurrei* onde estava escrito *puxe*. E a porta, claro, evidente, não se moveu um milímetro sequer. Não, ficou ali, solene, imóvel, irônica, uma Esfinge, que, em vez de me devorar, preferia rir de mim e deixar que eu mesmo me devorasse por dentro. Não, eu não estava bêbado, e em relativamente pouco tempo consegui perceber que *puxe* era português. Meu Deus. Gastei mais alguns segundos enrubescendo e olhando para os lados, para me certificar de que ninguém havia visto, respirei fundo e puxei. Obediente (mas sempre irônica; se tivesse sobrancelhas, elas estariam arqueadas), a porta cedeu e me deu acesso ao banheiro. Na mesa, imagino que a discussão prosseguisse sem mim – e onde iria ela parar? Acaso eu conseguiria, mais tarde, alcançá-la? Melhor não demorar muito, então.

Eis que não consigo urinar. Parado, as pernas semi-abertas, quadris levemente arqueados para a frente, joelhos um nada fletidos, como se fosse levantar pesos, segurando com a mão direita um instrumento que se recusa a cumprir a incumbência que lhe foi designada, olhando para o vazio e percebendo o rubor que permanece, a sensação crescente de imbecilidade. De onde vem o bloqueio? Não há mais ninguém comigo no banheiro, e eu entrei no reservado como sempre faço. Nervosismo? O almoço é importante, certo, e a minha atitude incompreensível de segundos atrás me embaraça ao extremo, mas ainda assim... Bem, com efeito, talvez seja mesmo o incidente da porta. Não consigo compreendê-lo. Não estou num país estrangeiro, interpretando mal um falso cognato, que significa o oposto do que penso; é o contrário, estou em *meu* país e li como estrangeiro um signo local: a que se deve esta inversão, o que representa? Condicionamento? Há estrangeiros na mesa, era o inglês a língua que estávamos falando; mas, seguramente, o restaurante continua localizado na rua Haddock Lobo, Jardins, São Paulo, não? Como explicar, então? O episódio me perturba além da conta.

Ainda desconcertado, desisto, me recomponho, lavo as mãos, com pares multilinguais de palavras ricocheteando em minha cabeça: *empurrar/puxar, to push/to pull, pousser/tirer, schieben/ziehen*, e uma sensação cada vez mais forte e menos explicável. Nos três anos em que estive fora, nunca passei pela vergonha de puxar onde estivesse escrito *push, pousser, spingere* ou o que o valha; e agora venho a fazê-lo aqui, em casa, por Deus do céu?

De súbito me ocorre que seja isto: o estar "em casa". Em terreno familiar. Seguro. Confortável. Onde não é preciso calcular, não é preciso sequer pensar. Pode-se saltar, confiante de que o pára-quedas esteja ali, pronto para ser usado. Não é preciso planejar a rota, basta ligar o piloto automático e – vejam só o que acontece, o quê? Isso. Isso, enquanto nos três anos em que estive fora, a consciência do "fora" jamais me abandonou um só instante, e nem uma única vez fechei os olhos ao adormecer acreditando que a cama em que me deitava fosse minha. Sabendo-me sempre estrangeiro, nunca baixei a guarda. Por mais sozinho que me encontrasse, dentro do apartamento alugado, não sonharia fazê-lo. As ruas que dez mil vezes atravessei, de cada uma delas sempre olhava o nome impresso na placa, por medo que houvesse mudado durante a minha ausência; o caminho de volta para o que eu nunca realmente chamei de "casa" me parecia tão incerto quanto um contrato por assinar. Sim, talvez seja isso mesmo. Em casa, o trabalho é muito menor, e isso nos faz... Basta.

O espelho me devolve um olhar um pouco menos aflito, e retorno à mesa.

* * * * *

É pelos coelhinhos que mais me lamento, pobres criaturinhas, tão imaculadamente brancas (ao menos antes do prato principal) e indefesas, amarradas, que ficam ali, aos pés das cadeiras, e aquela gente toda esfregando neles as mãos sebentas, sujas de molho, emporcalhadas por restos! É bem verdade que não tenho como saber se eles se importam com isso, que diferença poderá fazer a um coelho estar com o pelame limpo ou conspurcado? Qual o problema, enfim, em limpar neles os detritos acumulados ao longo de uma refeição? Poderiam os animaizinhos talvez se sentir humilhados? Diminuídos de alguma forma? Como haverá um coelho de saber quanto é aviltante submeter o próprio corpo à higiene das mãos alheias? (Se é que podemos chamar isso de higiene – as palmas das mãos, besuntadas com gordura, respingadas com restos e detritos, cobertas de lascas de alimentos vários, ficam além disso peludas, e de qualquer modo acaba sendo necessário esfregá-las com vigor na toalha, justamente o que se buscava evitar com os coelhos.) Ou seria o gesto, talvez, interpretado como carinhoso, um tanto rude às vezes, mas afetuoso da mesma forma? Imagino que aos coelhos os humanos devam parecer mais incompreensíveis ainda que aos outros humanos, e um estranhamento a mais ou a menos não há de causar grande espanto. E é sempre necessário adaptar-se aos usos dominantes, afinal. Mesmo assim, a situação me comove e repugna – ao fim de um banquete, o estado das criaturinhas é sempre de inspirar horror!

Também repugna o estado das toalhas, dos móveis e das próprias roupas dos convivas ao saírem da mesa. Como é rude, como é hediondo esse hábito de esfregar mãos e facas ensebadas em qualquer parte! Que descortesia, que desrespeito! Como uma corte que se diz civilizada pode abraçar tais modos, em vez de se revoltar contra eles? Tudo fica nojento, lustroso de gordura rançosa, endurecida, como se alguma criada incompetente houvesse espalhado crostas irregulares de cera por todas as superfícies! E o olor? De que serão constituídos esses cavalheiros e damas, para que possam suportar sem adoecer o cheiro que a tudo permeia? Estaremos talvez de volta aos piores excessos dos romanos? É possível que só a mim, eterno estrangeiro, observando as coisas com o espírito distante, isso cause repulsa? Isso, essas barbaridades, entre nobres! Custa-me crer que isso se aceite como bons modos e refinamento. Não, não, talvez os quadrados de linho funcionem, afinal. Pelo meu conhecimento, isso nunca foi tentado por aqui, creio mesmo que seja mais uma invenção minha, mas como é natural a idéia, por Deus! A aceitação há de ser automática, até mesmo instintiva! Certamente há de saltar aos olhos e aos espíritos a função dos panos dobrados ao lado do prato! Decerto não se perceberá a maior conveniência em esfregar as mãos neles, que estarão ali para esse fim somente, e enquanto em repouso poderão com facilidade ser afastados do alcance de mangas, colos, jóias, rendilhados e o que mais seja, do que se limpar na toalha, nos assentos, nas próprias roupas, ou às vezes até nas dos vizinhos – quantas brigas já não assisti, quantas mortes até, por essa espécie de bobagens? Quanto desperdício de sedas finas e preciosos veludos, que, uma vez emplastrados de gordura, não há quem possa mais lavar! Tenho esperanças de que minha idéia funcione, que eu logre modificar esses hábitos, indignos de animais, mas compartilhados até pelo próprio duque... Talvez fosse bom, até, sugerir uma origem para esse costume, França não posso, Florença talvez? Não, alguma faustosa, fantástica corte oriental? Emprestar-lhe um arabesco, um ar de mistério, preciosidade, luxo? É sempre mais fácil aceitar as novidades quando se as apresenta em invólucro atraente...

E, é claro, todo cuidado é pouco. A cada nova tentativa, menos posso correr o risco de desagradar, ainda que em palavras me ponham à vontade; não, nem mesmo nessas pequenas amenidades que acabam por deixar marcas surpreendentemente indeléveis, muito piores que as de um erro cometido em assunto sério. É vital ao forasteiro manter sempre viva a lembrança de sua origem, para que outros não venham ter a oportunidade de lembrá-lo disso, em circunstâncias que lhe podem vir a não ser das mais vantajosas. Pois nada é tão importante como harmonizar o próprio colorido à escala de tons em vigor. Se não se consegue fazê-lo, se uma figura salta para fora do quadro sem que isso fosse previsto e autorizado pela composição, nesse caso, o quê? Não poucas vezes tive que eliminar figuras de majestade, porque não havia como harmonizá-las com o todo da pintura. Quanto a mim, acho que já sobrevivi a embaraços e acidentes em demasia. É bem verdade que algum tempo de exílio sempre acabou por apaziguar os ânimos e por certo soube me ocupar bem enquanto estive fora – a Santa Ceia ficou realmente magnífica – mesmo assim, cada novo risco é um pouco mais imprudente que o anterior. Bem sei que a expansão da cozinha não é vista com muita simpatia, principalmente por D. Bianca, a senhora mãe do duque, que, é certo, submeteu-me seis de seus aposentos; sem falar nos estábulos, no depósito de munições, de parte do salão... Mas como hei de proceder, então, se preciso de vastos espaços para meus aparelhos, para modernizar a cozinha? Se até agora Messer Lodovico tem sido magnânimo, se até agora tenho sido compreendido e conseguido fazer o meu brilho ofuscar o resto, até que ponto poderá durar a benevolência para com um visitante que se impõe, que contrasta com o panorama geral, por mais bela que seja sua coloração? Não me parece sensato tentar descobrir, pelo menos não em sendo eu o visitante. Que destino terão os meus quadrados de pano?

* * * * *

Imediatamente, ao me sentar, me pego observando os modos de Mr. Michaels à mesa. Maneja os talheres de maneira completamente diferente da que aprendi, e também daquela à qual tive de me adaptar porque me estranhavam a primitiva. Diferenças: por que elas chamam tanto a atenção? Estaria acaso Mr. Michaels também atento às peculiaridades, àquilo que para *ele* consistiriam peculiaridades, de nosso comportamento? Detalhes minúsculos, insubstanciais, insignificantes, mas que, uma vez percebidos, ainda que por acaso, ficam registrados e para sempre identificam o objeto de estudo como ádvena, estrangeiro, estranho, *étranger, forasteiro, Ausländer*. De fora. Não daqui. Não totalmente conhecido, não totalmente previsível; a ser estudado, observado, analisado. Lembro-me dos oficiais da imigração em Heathrow, dos oficiais da imigração no Charles De Gaulle, dos oficiais da imigração no trem, durante a travessia do túnel. Sempre muito sérios, muito polidos, com graus variáveis de amabilidade, chegando mesmo a expressar pesar (hipócrita?) por minha partida, mas sempre inquisidores, interessados em saber exatamente quem – o que – é esse que tenta entrar. Controle que não se encerra na entrada: há a necessidade de manutenção do visto, há conferências periódicas. E nem eu como igual a eles, nem eles igual a mim. Sempre há maneiras de lembrar a alguém, com maior ou menor cortesia, maior ou menor sutileza, que aqui não é seu lugar, que você tem outra origem, e *vai* voltar para lá um dia, não vai? Bem-vindo, sim, mas só até certo ponto. De súbito me ocorre que "sinta-se em casa" é, talvez, a frase mais hipócrita que se pode dizer a um hóspede: se ele a entender literalmente, é quase certo que venha em breve se tornar indesejável.

*****

Sabemos, por relatos do embaixador florentino em Milão, Sabba da Castiglione di Pietro Alemanni, que os guardanapos de Leonardo não tiveram muita sorte de imediato. Ao contrário do esperado pelo inventor, ninguém compreendeu a função dos quadrados de pano, e Alemanni nos conta que alguns os utilizaram para limpar o nariz, outros sentaram-se em cima deles, outros ainda os atiraram por cima da mesa, ou embrulharam neles pedaços de carne, que em seguida guardaram nos bolsos. Do uso pretendido, não ficou registro de que tenha ocorrido. E mãos e facas continuaram a ser limpas nas toalhas, nas próprias roupas ou, hábito de Ludovico-o-Mouro, nas roupas dos convivas, que por certo não haveriam de protestar. E, sim, também nos coelhinhos, e assim permaneceram os convidados por algum tempo ainda peludos e emporcalhados, e Leonardo, repugnado, inventando enormes panos de chão para serem puxados por juntas de bois, cortadoras de pão movidas a vento, empregando centenas de pessoas e transformando a cozinha do palácio, sempre segundo o embaixador, num verdadeiro manicômio, continuamente testando a tolerância dos milaneses (como no desastre do casamento de Ludovico com Beatriz d'Este, em que o gigantesco bolo criado por Leonardo, dezenas de metros confeitados para reproduzir o palácio, provocou uma invasão de ratos e pássaros que gerou pandemônio e obrigou a cerimônia a ser transferida às pressas), continuamente se recolhendo das vistas gerais por conveniência, e no final sempre resgatado pelo próprio gênio, que lhe compensava, com vantagens, as excentricidades.

Olhando para os guardanapos, em diversos estágios de amarfanhamento, quer sobre a mesa, quer sobre os colos dos convivas, discretas manchas de algum molho mais forte colorindo um ou outro, é-me difícil imaginar que alguém ainda possa duvidar de sua função: parece, de fato, instintiva. Mas o utensílio já está desde longa data estabelecido e instituído por toda parte, é universal e, salvo os recém-nascidos, não há quem o possa encarar como novidade. Seu uso não tem mais como gerar controvérsia ou dúvida. Ainda assim, há quem o mantenha ao lado do prato, há quem o leve ao colo, há quem o pendure ao colarinho ou decote, segundo o que aprendeu de casa; e de tais detalhes se extraem as diferenças, e – num estágio mais avançado – a desconfiança. O que primeiro parece pitoresco, até mesmo atraente graças à novidade, com a reiteração vai ou desaparecendo ou se tornando incômodo; nada permanece exótico por muito tempo e, depois de dois anos, é possível perceber o ligeiro constrangimento dos que já se habituaram diante dos que ainda não, e você, o pivô, sendo obrigado a fingir ignorância do que se passa à sua volta. Não chega a ser hostilidade, antes um estranhamento; não é que lhe queiram mal, simplesmente você não é daquele lugar, e nunca vai ser, ainda que há mais tempo lá do que os que o estranham; ainda que fale com fluência assombrosa a língua hospedeira, se cortar o dedo numa folha de papel, a interjeição de dor lhe virá à boca na língua natal, o primeiro grito de socorro terá que ser traduzido antes de lhe sair dos lábios. Se acabamos por falar com maior correção o idioma alheio que os próprios nativos (e também que o nosso), isso se deve a sabermos que nunca poderemos deixar de *pensar* nas falas que nos são estranhas; não são nossas, não vêm do instinto. E, pensando bem, não é só no alémmar que as diferenças se apresentam (reflito, enquanto percebo com meia-consciência que não sei mais sobre o que falam os demais convivas do almoço, que perdi o fio da meada e arrisco-me a tornar o encontro um fracasso, que ninguém me faça agora pergunta alguma), quantos de nós não encaram os próprios vizinhos como uma tribo exótica e possivelmente hostil? Sim, há adaptações, há acomodação, mas são sempre artificiais, não se escapa disso. Todo esforço em prol de obliterar esse estado de coisas, por bem-sucedido que seja, terá sempre e primeiro sido um esforço.

Francisco Maciel
Nasceu em 1950 em São Gonçalo, Rio de Janeiro. Escreve desde... nem ele se lembra ao certo quando. Antes do primeiro lugar no Prêmio Julia Mann, já havia sido premiado com versos (1990, *Beirute e outros poemas capitais*, inédito) e prosa (1995, com a novela *Na Beira do Rio*) pela Secretaria Municipal de Cultura do Rio de Janeiro. Faz pesquisas para novelas da Rede Globo, escreve para a revista *Pesca & Mar* e dois jornais. Lê e, sem falsa modéstia, declara "gaguejar com sotaque de periferia" em francês, inglês, espanhol e italiano.

Marcelo Macca
Nascido em 1963 em Presidente Prudente, interior de São Paulo, cursou jornalismo e letras na USP. Lançou em 2000, ao lado dos fotógrafos Roberto Linsker e Pedro Martinelli, *Cuidados com a vida – crônicas e receitas de saúde no Brasil*, pela Editora Terra Virgem.

Alejandra Saiz
Atriz do Teatro de Arena (Companhia dos Comediantes), nasceu em São Paulo, capital. Além da formação em artes cênicas (Guaíra, PUC/PR), entre um conto e outro – publicados em diversas revistas – ainda cursou direito em Curitiba/PR e Sorocaba/SP.

Antonio R. Esteves
Nascido "poucas semanas depois da gloriosa revolução cubana", é professor de literatura na UNESP de Assis/SP há quase duas décadas. Tem na gaveta dois romances que pretende publicar em breve.

Guilherme Vasconcelos
Nasceu em São Paulo/SP em 1961. Formou-se em direito e história pela PUC/SP. Seus textos também estão na TV: roteirista, passou pela Rede Manchete (1992-1993), até chegar à Rede Globo, em 1997.

José Paulo de Araújo
Nasceu no Rio de Janeiro/RJ em 1966. Graduado em letras anglo-germânicas, com mestrado em lingüística aplicada. Professor de inglês, desenvolve hoje um projeto de ensino e pesquisa em educação a distância via Internet.

Renato Modernell
Da cidade portuária de Rio Grande/RS, onde nasceu em 1953, mudou-se para São Paulo aos dezoito anos. Formou-se em jornalismo. Tem oito livros publicados, incluindo o elogiado romance *Sonata da última cidade* (Editora Best-Seller, 1988) – "o maior e melhor romance de São Paulo jamais escrito" (Wilson Martins). A biografia romanceada que escreveu sobre o compositor Astor Piazzolla lhe valeu o prêmio da Academia de Lisboa.

Sérgio Repka
Nasceu em Curitiba em 1965. Depois de dez anos de advocacia, resolveu trocar a profissão pelos estudos de cinema em Londres, o que faz até hoje. Desde que começou a escrever até o lançamento de "Gauche", nesta edição, já se vão quinze anos.